# 少年陰陽師

しょうねん　おんみょうじ

少年陰陽師 叁拾叁

# 微光潛行

仄めく灯とひた走れ

結城光流—著 涂愫芸—譯

# 重要人物介紹

### 藤原彰子

左大臣藤原道長家的大千金，擁有強大靈力。基於某些因素，半永久性地寄住在安倍家。

### 小怪

昌浩的最好搭檔，長相可愛，嘴巴卻很毒，態度也很高傲，面臨危機時便會展露出神將本色。

### 安倍昌浩

十四歲的菜鳥陰陽師，父親是安倍吉昌，母親是露樹，最討厭的話是「那個晴明的孫子」。

### 六合

十二神將之一的木將，個性沉默寡言。

### 紅蓮

十二神將的火將騰蛇，化身成小怪跟著昌浩。

### 爺爺(安倍晴明)

大陰陽師。會用離魂術回到二十多歲的模樣。

**朱雀**

十二神將之一的火將，使的是柔和的火焰。與天一是戀人。

**天一**

十二神將之一的土將，是絕世美女，朱雀暱稱她「天貴」。

**勾陣**

十二神將之一的土將，通天力量僅次於紅蓮，也是個兇將。

**太陰**

十二神將之一的風將，擅使龍捲風，個性和嘴巴都很好強。

**玄武**

十二神將之一的水將，個性沉著、冷靜，聲音高亢，外型像小孩子。

**青龍**

十二神將之一的木將，從很久以前就敵視紅蓮。他有另一個名字「宵藍」。

**天空**

十二神將之一的土將，是十二神將的首領，雖然眼盲，但內心澄明。

**太裳**

十二神將之一的土將，說話沉穩，氣質柔和。較少出現在人界。

**風音**

道反大神的愛女。以前她曾想殺了晴明，現在則竭盡全力幫助昌浩。

**安倍昌親**

昌浩的二哥，陰陽寮最活躍的年輕術士，專攻天文道。

**藤原行成**

右大弁兼藏人頭，受皇上信賴。他是昌浩的加冠人，與成親是好友。

**藤原敏次**

陰陽生，在陰陽寮裡是昌浩的前輩，個性認真，做事嚴謹。

在看不見未來的黑暗中，
照亮著奔馳道路的微弱光芒是——
螢火蟲。

# 1

◇　◇　◇

聽到麻雀的叫聲，安倍昌親知道天亮了。

睡眠不足與疲憊，導致頭部脹痛。

臥病在床的哥哥成親睡在他旁邊。為了封住入侵體內的疫鬼散發出來的邪氣，十二神將天空用神氣做成保護膜，包住了成親。但是，當被封住的邪氣充滿保護膜時，就會開始侵蝕成親的身體。是不是該拜託天空解除保護膜了？

不找出根源，光驅逐邪氣，根本無濟於事。

昌親發出深沉的嘆息。只能這樣陪在旁邊，讓他再焦慮不過了。

「……」

按著太陽穴閉目養神的昌親，聽見聲響，抬起了頭。

「哥哥……」

正準備去陰陽寮的昌浩，推開木門，站在門口。

「啊，早，昌浩。」昌親露出想藏住疲憊卻徒勞無功的笑容，看著弟弟。

昌浩看到哥哥那樣子，擔心地皺起了眉頭。

昌浩的眼睛有點紅。白色異形憂心忡忡地蹲坐在他腳下。

可能是因為昨晚的騷動，整晚都沒睡吧。

躺在床上的成親兩頰塌陷、臉色憔悴。昌浩看著他，把嘴巴撇成ㄟ字形，然後再把視線移到昌親臉上，嘴巴啪噠啪噠蠕動著。那雙眼睛像是在告訴昌親，他有話要說。

到底要說什麼呢？昌親等著弟弟開口。

這樣欲言又止好一會兒後，昌浩低下頭把話吞回去了。

他抬起頭，看著昌親說：「我要出門了……」

昌親知道他要說的不是這句話。

昌浩心裡有很多事，需要他花時間去思考。通常，昌親都會伸出援手，盡可能幫他分擔那些心裡的包袱，可是現在的昌親太過疲憊，所以沒有主動問昌浩。

「嗯，去吧。」

昌浩微微點個頭，輕輕關上了門。

送走昌浩後，昌親就後悔了。看他的臉，就知道他很想說什麼，應該聽他說的。現在大哥不能動，應該由自己來做這件事。

許多感觸湧上心頭。

昌親很佩服大哥，總是關注著自己和昌浩，在他們有困難時，一定會伸出援手。

現在這是自己的責任，因為自己是成親的弟弟，也是昌浩的哥哥。

昌親心想，等昌浩回來，好好聽他說吧。不過，希望頭疼可以在那之前好起來。

沒多久，小野螢就來了。

她來自播磨，是神祓眾首領的直系子孫。剛才出門的昌浩，眼睛會泛紅，就是因為她帶來的一封書信。

播磨神祓眾的女孩擁有驚人的靈力，力量甚至遠遠超越安倍晴明的接班人昌浩。

但是昌親沒忘記，要補上「現在」兩個字。昌浩還在繼續茁壯中，各方面的能力都還未臻成熟，超過他自己的想像。只要能克服不擅長的事，總有一天他一定會超越螢。

這或許是身為兄長的偏心想法，也或許是希望成真的期許。

不過，昌浩確實有讓他這麼期許的才能與可能性。

螢看了成親之後，凝重地說：「我也許幫得上忙，但可能沒辦法完全救得了他。」

吉昌擔心兒子們，也來到了房間。就在他和昌親屏氣凝神的注視下，螢使用縛靈法術，如她所說，鎮住了疫鬼。

就這樣，成親在昏迷八天後醒來了。

成親說起話來還是那種調調，很久沒聽到哥哥那樣說話的昌親，總算放心了。但再也熬不住疲憊，向父親和神將們報備後，就去休息了。

原本只打算休息一下，沒想到醒來時已經過了中午。他交代過朱雀，一個時辰後就叫醒他，可是天一拉住了朱雀。因為昌親的臉色太蒼白，天一實在看不下去。

昌親慌忙穿戴整齊，趕去看成親。滿臉疲憊的哥哥閉著眼睛，但是跟早上不一樣，呼吸穩定多了。他鬆了一口氣。

聽天一說，在他休息的時候，吉昌把曾祖父與神祓眾之間的約定、螢的事，都告訴了成親。成親默默聽著，表情十分沉重。

哥哥究竟怎麼想呢？等他下次醒來再問他。

這麼想的昌親，驀然發現大功臣螢不知道跑哪去了。詢問天一後才知道，螢說要去散步，沒多久前出門去了。可能是剛來京城，覺得新鮮吧。

「昨天晚上她跟昌浩的式聊了很久。」

那個式就是昌親也很熟的車之輔。昌親心想原來那女孩可以跟車之輔對話啊？如果昌浩知道連在這方面都輸給了她，一定很不甘心吧！

昌親先跟父母打聲招呼，就走出了安倍家。

早上還是多雲的天氣，不知道是不是雲被冷風吹散了，變成萬里無雲的晴空，開始浮現暮色。再過一會兒，陰陽寮就會響起工作結束的鐘聲。

昌親瞇起眼睛，注視著逐漸西沉的絢爛夕陽，心想要在昌浩回來之前回到家才行。

◊　◊　◊

雲被沖散後，橙色夕陽美得迷人。

儘管空氣冰冷，章子還是選擇欣賞美麗的天空，擺出擋風用的屏風，備好火盆、厚衣服，再把板窗和竹簾拉起來。

夕陽帶著冷得教人瑟縮的寒氣照入屋內，把所有東西都染成了橙色。

有人不由得發出了「啊呀」的讚歎聲。

去年燒毀的寢殿，終於完成重建，當今皇上和後宮所有人，都在前幾天搬回了飄蕩著木頭香味的新建築。

全新的寢殿比一条的臨時寢殿大很多，她不禁訝異，原來真正的寢殿是如此寬闊。剛開始覺得不太自在，久而久之就習慣了。在臨時寢宮，會知道有人來主殿晉見皇上，在這裡的寢殿就不會察覺，日子過得十分平靜。

沒入西邊山頭的橢圓形太陽，看起來行色匆匆，匆忙得教人好奇為什麼這麼倉卒。

「太陽就快下山了……」

就在侍女把手伸向竹簾時，事情發生了。

從萬里無雲的晴空，冷不防地劈下雷電。刺耳的轟隆聲，震得地面搖晃。響起無數的慘叫聲。

有人摀住耳朵蹲下來，有人臉色蒼白地躲到屏風後面。

「剛才好像有什麼……」

「是雷電突然打下來。」

「完全沒有徵兆啊……」

大家愈說愈激動，是想藉此忘記害怕。

這時候，端坐在廂房裡的女孩，看起來比誰都冷靜。

邊看天空邊走過來的侍女，用袖子遮著嘴巴說：「這裡太可怕了，請進去裡面。」

話還沒說完，就被好幾道落雷蓋過去了。

雷電的光芒遮蔽了柔和的橙光，把視野染成一片銀白色。

她有種不祥的預感。

聽說很久以前，把京城貴族嚇得心驚膽戰的大怨靈，動不動就會劈下雷電。

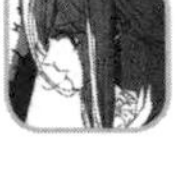

她記得有閃避雷電的咒語：「桑原、桑原①……」

嘴裡複誦幾次後，她抿嘴一笑，鎮定到連自己都覺得驚訝。這種感覺有點奇特。

只要不打在自己身上，雷電是美麗的。聽見撕裂天空般的巨響，她也會本能地縮起身體，但不會抖得像其他侍女們那麼厲害。

她用手指滑過地板。柔和的質感，摸起來很舒服。手指一陣冰涼。

雷聲轟隆交疊，閃光劃過天際。

是不是要下雨了呢？她觀察天色，發現雷電交加，天空卻沒有雲朵。雷電平息後，天空恢復橙色，漸漸被黑夜取代了。

「啊……！」有人大叫一聲。

「那黑煙是……？」

往那人指的方向望去，就看到雷電擊落的附近冒出黑煙，而且不只一處。

「起火了……」

「哪裡燒起來了呢？」

臉色發白的女人們，都嚇得差點跳起來。火會很快被熄滅嗎？會不會像去年的水無月②那樣，延燒到這座寢殿呢？

「太危險了，請進去裡面。」

雷聲與雷聲之間，忽然響起焦躁的聲音。

「……請……稍……！」

「……上……請稍等……！」

不知道為什麼起了爭執，一個侍女神色驚慌地衝進來。

「皇上駕臨……！」

在場所有侍女一陣騷然。

「為什麼這時候來？」

皇上通常是在大白天才會來看發育還未成熟的后妃，像這種快進入黑夜的時間，他大多會去其他后妃的宮殿。

「妳們怎麼沒有事先通報呢？這樣突然駕臨，未免太……」

被責備的侍女，驚慌失色地搖著頭說：「皇上是自己跑來我們侍女室，不管我們怎麼阻止都不聽……」

端坐在廂房裡的中宮章子，差點就跳起來了。

「為什麼在這種時候……」

這簡直就是青天霹靂，說不定還是什麼不祥之事。這種時候，皇上會直奔而去的地方，不應該是自己這裡。

「總、總之，請先更換衣服……」

「不，沒有時間了……啊！」

皇上已經來到竹簾後，掀起了竹簾，表情格外僵硬。

在屏風後面的章子，從幔帳縫隙間看到他的身影，倒抽了一口氣。

自從懷孕的皇后定子生病後，皇上幾乎沒來看過章子。來也不會待太久，不到一個時辰就離開了。默默目送皇上離去，已經成了常例。

章子知道自己年紀還小，擔當不起后妃的職責。她也很想多少安慰一下憂國憂民的皇上，無奈天生性格內向，說不出什麼討人歡心的話。

皇上變得特別消沉，是在內親王脩子去了賀茂齋院後。為了祈禱母親定子早日康復，年僅五歲的小女孩，在少數侍女的陪伴下住進了齋院。

聽說進入神域的內親王，為了與俗世的污穢隔絕，幾乎不能見任何人。有時會寫信回來，只有在那時候，皇上的心情才會開朗起來。

章子每天都偷偷向神佛祈禱皇后的病趕快好起來，這樣內親王就能從賀茂回來了。

事實上，脩子並不是住在賀茂的齋院，而是住在伊勢的齋宮。但是後宮的人們，以及在皇宮進出的貴族們，都不知道這件事。

內親王脩子奉神諭去伊勢齋宮是秘密，連母親定子都以為，脩子是住在賀茂的齋院齋戒淨身，過著每天祈禱的生活。

皇上的視線掃過所有人，低聲下令：「全退下。」聲音嚴厲冷酷得教人毛骨悚然。

侍女們猶豫了。她們知道必須遵旨，卻不放心讓中宮與不太對勁的皇上獨處。

「皇上，請稍等。」

「皇上突然駕臨，中宮殿下驚慌不已，還請皇上寬恕。」

皇上瞥一眼懇求的侍女，用更嚴肅的語氣再次下令：

「全都退下，沒有朕的召喚，不准靠近。」

「可是……」

努力爭取的侍女被皇上一瞪，閉上了嘴巴。

侍女們彼此對看後，陸陸續續站起來，離開了中宮殿。

向來沉著穩重的皇上，究竟發生了什麼事？侍女們從來沒看過他這麼淒厲的表情，也沒聽過他這麼冷酷的語氣。真的可以把中宮單獨留下來嗎？

侍女們真的很擔心，但皇上的地位幾乎跟神明一樣崇高，她們是不能違抗旨意的。

雷聲大作。

侍女們卻因為其他事全身顫抖，而不是因為對雷聲的恐懼。

在只剩兩人的宮殿，皇上默默往前走，把手伸向屏風。

他只是想移開屏風，但用力過度，把屏風推倒了。

屏風砰然倒下的聲響，把拜跪在屏風後面的章子嚇得全身瑟縮。

「……中宮……彰子。」

章子的肩膀抖得很厲害。這是她第一次聽到皇上這麼嚴厲、冷酷的聲音。

恐懼在胸口捲起漩渦。難以言喻的不安高漲，手指在袖子裡抖個不停。

「朕要問妳一件事。」

語氣愈是平淡，聽起來愈是可怕。章子用力扯開喉嚨，才能出聲回應。

「是……」

「妳……」

雷聲響起，一股臭味隨風飄進了飛香舍。不知道哪裡燒起來了。雷電落在寢殿南邊，離這裡不遠的地方。

「妳是不是欺騙了朕？」

叩拜的章子的眼睛瞬間凝結。

她覺得呼吸困難，喘著氣般猛搖頭說：「沒、沒有、沒有……」

東窗事發了。皇上知道真相了。露出馬腳了。

即便是這樣，章子也不能承認。承認的話，父親會因為犯下欺騙皇上與宮中所有人的罪行，從此失勢。

除此之外，還會連累協助父親的安倍晴明，以及所有與這件事相關的人。被詛咒而不能入宮的同父異母姊妹、不顧性命保護她和自己的陰陽師，也都會受到波及。

「沒有……沒有，絕對、絕對沒有那種事……！」

這時候的章子比被羅剎抓走時還害怕，但她必須戰勝這樣的恐懼。

「我絕對沒有欺騙皇上！」

「這是占卜出來的卦象。」皇上說得斬釘截鐵，語氣出奇地平靜，卻聽得出話中的激動。「卦象顯示妳欺騙了朕。」

章子猛然抬起頭。

雷電劈下來，銀白色的閃光照亮了皇上的臉。那張蒼白的臉毫無表情，眼睛眨也不眨地注視著章子。

木頭燃燒的味道愈來愈濃烈。微弱的慘叫聲與叫喊聲，隨風飄來。

「皇上……您在說什麼……」

她好不容易從乾澀的喉嚨擠出這句話時，皇上眼中泛起痛苦的神色。

「卦象顯示，妳入宮前就有喜歡的人了。」

章子瞠目結舌，不知道皇上在說什麼。

「而且妳跟那個人至今都還有往來。即使這樣，左大臣還是讓妳入宮嫁給了朕。」

「噫……」

聲音出不來。章子只能搖著頭。

沒那種事。自己絕對沒有那種對象，父親應該也知道，否則不會讓自己嫁入宮中。

自己並沒有——不對……

腦中閃過一個疑問。

她緩緩抬起頭，用嘶啞的聲音問：「陰陽師的……占卜？」

占卜的對象是誰？是現在住在這裡的藤壺中宮嗎？

還是……

左大臣家的第一千金藤原彰子？

「沒錯。」

「那……那麼，那位陰陽師是……哪裡的陰陽師？」

皇上的表情往下沉。

「跟妳沒關係，跟左大臣也沒關係，是播磨的陰陽師，聽說力量不輸給安倍晴明。

那位陰陽師占卜皇后生病的原因，結果顯示是被下了詛咒。」

「詛……咒……」

章子在袖子裡握緊拳頭，不停地深呼吸，安撫在胸口狂跳的心。

「根據占卜，妳和左大臣都欺騙了朕。」

卦象顯示，藤原彰子在入宮前，就有了喜歡的人，現在跟那個人還有往來。

皇上斬釘截鐵的聲音，深深刺進了章子的心。

那不是章子。占卜所顯示的人，不是章子。

然而，她不能這麼說。不管真相如何，現在住在藤壺中宮的她，都必須是左大臣的第一千金。

緊握在袖子裡的拳頭顫抖著。如果可以大叫「那不是我！」該有多麼舒坦。

她把湧上喉頭的話硬是吞下去，拚命搖著頭。

「中宮……那個跟妳私通的人，想把妳捧到獨一無二的地位吧？所以他下了詛咒，企圖廢掉皇后……」

「噫……！」

章子猛搖著頭，淚水從她臉上滑下來。

是誰向皇上灌輸了這樣的想法？皇上又為什麼會相信這種無稽之言？

無論陰陽師占卜出什麼樣的結果、無論在這裡的藤壺中宮是誰，在這裡的自己所

想、所期盼的事，以及眼睛看著的人，都沒有絲毫的虛假。

「……」

章子凝視著皇上，眼睛眨也不眨，任憑眼淚如泉水般湧出來。

那雙堅定的眼睛，讓皇上瞬間猶豫了。

伊周說的陰陽師的占卜所顯現的卦象、定子的病況一直沒好轉的不安、生怕會有什麼萬一的恐懼，吞噬了皇上的心。尤其是「被下了詛咒」這句話，更深深震撼了皇上。

占卜甚至說還有陰謀。那個藤原道長一直在欺騙自己。看起溫柔婉約的中宮，其實跟其他男人私通，那個男人還對皇后下了詛咒！

會不會想廢掉皇后的人，不是道長而是中宮本身呢？會不會是她嫉妒、厭惡集寵愛於一身的皇后，想取代皇后的地位呢？

這是伊周抱持的懷疑。因為太過擔心妹妹的病情，澎湃的思緒像螺旋般不斷捲入黑暗深處。而那股思緒，也鑽進了皇上因詛咒大受打擊而凍結的心。

但是在來這裡之前，皇上還沒有完全懷疑中宮。

深情款款看著自己的這個女孩，真的會策畫那麼可怕的陰謀嗎？

「中宮，陰陽師的占卜還說，跟妳私通的人是陰陽師。」

章子的肩膀顫抖著。

陰陽師。入宮前就喜歡的人。現在也還有往來。
章子再也忍不住大叫：「皇上……！」
忽然，皇上轉移視線，望向不覺中已經夜幕低垂的南方天際。
「剛才朕接到通報。」
皇上的聲音平靜得出奇，章子屏住了氣息，不好的預感充塞胸口。
看著南方的皇上，淡淡地接著說：「陰陽寮發生了兇殺案……有殿上人被刺殺，還在生死邊緣徘徊。」
章子的心狂跳起來。
「根據播磨陰陽師的占卜，下詛咒的陰陽師必定會在今天犯下什麼罪行。」皇上一個深呼吸後，低頭看著章子說：「刺殺殿上人的犯人，就是陰陽寮的安倍直丁。」
在嘴巴裡複誦「安倍」兩個字的章子，彷彿聽見血液倒流的聲響。
怎麼可能！
「噫……！」
章子啞然失色，皇上用陰沉的眼神看著她。事實勝於雄辯，她的表情說明了一切。
啊，果然、果然是這樣。
「聽說是安倍晴明的孫子……妳跟他很熟吧？」

雷聲大作。

章子的身體向一邊傾倒，皇上沒有伸手扶她。

「唔……」

她的手著地，勉強撐住了身體，整張臉蒼白得毫無血色。

皇上看著默默喘著氣的中宮，搖了搖頭。

儘管心中充滿懷疑，原本皇上還是期盼著可以相信她。她很關心皇后，總是請皇上去皇后那裡，不要來自己這裡。皇上是真心喜歡她這樣的善良，儘管這份喜歡還沒超越男女之間的情感，卻有某種力量讓皇上覺得可能會慢慢萌芽滋長。

然而看著她現在的反應，皇上不得不相信，伊周請來的陰陽師的占卜，的確揭穿了所有的事實。

「據說，只要犯罪的陰陽師死了，詛咒就會失效。」

氣息奄奄的章子抬頭看著皇上，但皇上看都不看她一眼。

「朕已經下令，抓到格殺勿論。」

「——」

啞然失言、全身顫抖的章子，覺得皇上的聲音離自己好遠。

抓到格殺勿論。有人犯了罪。是誰？是陰陽師。

最後一次見到的他，是任憑雨打在身上，頭也不回的背影。儘管如此，他還是保護了自己、救了自己。自己還能待在這裡，就是陰陽師奮不顧身的成果。

雖然是為了自己之外的其他人。

她羨慕過、嫉妒過，也曾因為胸口充塞著無法壓抑的負面情感而痛苦不堪。

皇上說那個陰陽師做了什麼？會被判處什麼刑罰？

「……！」

章子差點大吼大叫，傾注全身力量才壓了下來。她屏住呼吸，使盡力氣握緊拳頭，努力不讓自己叫出來。

若逼得皇上更狠下心來，別說是解釋，恐怕連再見到面的機會都沒有了。

不覺中，雷聲靜止了。清澈的天空一片湛藍，閃爍著無數的星星。剛進入霜月③，沒有月亮，微弱的星光照不到地面。

木頭燃燒的味道漸漸淡去，最後只剩下細細的幾縷白煙。皇上凝視著那樣的光景。

在沒有一絲光線的飛香舍，皇上與中宮陷入了可怕的靜默中。

不知道這樣過了多久，一個侍女拿著蠟燭進來了。她看到佇立在黑暗中的皇上，與低垂著頭的中宮，侍女知道發生了什麼不尋常的事，臉色蒼白地放下蠟燭，伏地跪拜。

「奴婢叩見皇上……」

「朕說過沒有朕的召喚，不准進來。」

全身顫抖的侍女鼓起勇氣說：「請皇上恕罪，有緊急通報。」

心焦氣躁的皇上扭頭看著侍女。

「什麼緊急通報？」

看到中宮跟皇上成對比，凝然不動，侍女按捺心中焦急，向皇上稟報。

「別當進宮求見，說有急事稟報……請皇上回駕清涼殿……」

皇上納悶地皺起眉頭，沒好氣地說：「別當嗎？」

「是的，請皇上移駕回宮。」

別當奉命捕抓犯罪的陰陽師，處以死刑。是不是順利完成了任務呢？

可是他說有急事要稟報。

「什麼急事？」

皇上逼問，侍女顯得驚慌失措。

「妳沒問嗎？」

「有……是有……」

支支吾吾的回應，使皇上更加焦慮。

「如果別當跟妳說過，朕准妳稟報。」

侍女把頭垂得更低了，盡可能讓自己鎮定下來。

「在陰陽寮犯了罪的犯人……」

中宮的肩膀猝然抖動。

「別當說犯人怎麼樣了？」

皇上向前逼近，那種氣勢把侍女嚇得全身緊繃。

「突然雷電交加，引發騷動，犯人趁亂甩開了檢非違使的追捕……」

「然後呢？」

「那個犯人……逃走了……」

放在地上的蠟燭，燭火隨風搖曳，由下往上照亮了皇上勃然色變的臉。

「什麼……！」

嗓門粗暴的皇上轉身離去，侍女慌忙起身，拿著蠟燭替皇上照亮道路。

回清涼殿前，皇上還扭頭看了中宮一眼。

她低著頭坐在倒地的屏風旁邊，侍女手中的蠟燭照不到她，所以皇上無法確認她臉上是什麼表情。只是那模樣看起來好無助，讓皇上有點心疼，但他很快就揮去了那樣的情感，走向通往清涼殿的渡殿。

被獨自留下來的中宮凝然不動。

霜月的風寒氣逼人，狠狠吹著已經凍僵的章子。
她在心中複誦侍女的話，喃喃自語地說著：「……逃走了……」
那麼，他還活著。那麼，還有希望。
章子相信他再怎麼樣都不可能犯罪。
不是為了中宮，也不是為了左大臣。而是為了身上有妖魔的詛咒，不得不隱姓埋名活下來的章子的異母姊妹。
淚水奪眶而出，雙手掩面的章子，發出不成聲的低語。
——為了彰子，他絕對不可能犯罪。
章子必須守護自己的立場、父親的地位，還有彰子的幸福。
啊，可是……
隱忍到現在的嗚咽，從她嘴巴溢了出來。
好難過。
不是難過「非守護不可」這件事。
「……皇……上……！」
她難過的是，今後可能都要面對那雙像看犯人般的冰冷眼睛，和不帶感情的聲音。
皇上恐怕再也不會輕聲喚她「彰子」了，這件事讓她痛徹心扉。

嗚咽的啜泣聲，在黑漆漆的藤壺迴響。

擔心中宮，悄悄回來的侍女們，看到她那麼悲戚，都不知道該不該跟她說話，只能束手無策地待在廂房。

### 小怪的陰陽講座

①傳說菅原道真死後，靈魂變成雷電，多次威脅京城，只有菅原家的領地桑原沒有被雷擊中，所以民間傳說唸「桑原、桑原」就可以避開雷電。

②陰曆六月。

③陰曆十一月。

## 2

昌親到哥哥入贅的參議藤原為則府上時，夕陽正沒入山後。

多虧有播磨神祓眾首領的直系女孩小野螢的法術，昏迷許久的成親終於醒了。他趕來這裡，就是想早點告訴大嫂這件事。

不過，不是走來的。

妖車在離參議為則府不遠的地方停住，車上的昌親立刻掀開前簾，敏捷地跳下來。

「呼，謝謝你，車之輔，幫了我大忙。」

昌親鑽過車轅，對飄浮在車輪中央的鬼臉說謝謝。

弟弟的車妖式露出親切的笑容。

《哪裡、哪裡，很高興能幫上主人的哥哥的忙。》

以前去伊勢時，也是請妖車送到中途，所以昌親跟妖車也很熟。

車之輔是妖怪，一般人看不見它。增強妖力時，它的模樣才會伴隨著慘白的鬼火浮現。進入車內就會完全被妖氣包住，多少有些靈視能力的人，也只能看見車之輔。不管掀開車簾或打開車窗，只要待在車之輔的車子裡面，就會被隱藏起來。

《大哥醒來了，主人一定會很開心。》

妖車像自己的事般，笑瞇了眼。昌親笑著點點頭說：

「是啊，對了，車之輔，你可以先回去了。」

車之輔搖晃前後的簾子說：

《不！在下不能回去。在下要在這裡等。把昌親大人留在這裡，在下自己回去的話，會被主人罵。》

妖車說得很誠懇，昌親只好苦笑著答應它。

說實話，為了救成親，他一直在施行法術，靈力和體力都快消耗到極限了。稍微休息後，頭不痛了，但身體還不能說完全復元。

從安倍家到參議府很遠，沒有車之輔送他的話，恐怕天黑都還走不到。

透過雜役通報後，很快就有面熟的侍女來迎接他。

「請在這裡稍等，小姐很快就來了。」

他被帶到穿越主屋的最裡面的東對屋。

當他正要坐在為他準備的坐墊上時，雷聲大作。他不由得跳起來，走到外廊。

橙色天空沒有半朵雲。

「雷電……從哪來的？」

正疑惑時，有東西往他的腳衝撞過來。他低下頭，看到很久不見的一張臉。

「喲，國成。」

「叔叔，好久不見了。」

問候的形式中規中矩，但抓住昌親褲子的模樣還是很孩子氣。小孩子當然有孩子氣，但撒嬌又不忘遵守禮儀的模樣，看起來更可愛。

昌親感覺到一股視線，往那裡望去，就看到躲在柱子後面的忠基。昌親揮揮手，叫偷偷往這裡看的小侄子過來。

又響起雷聲，兩個侄子衝過來抱住了昌親。

「你們兩個都怕打雷啊？」

「我、我才不怕呢！」國成立刻反駁，但很快又露出膽怯的表情說：「只是聲音有點大，嚇了一跳而已。」

「而已！」重複哥哥語尾的忠基，已經泫然欲泣了。

在他們這樣對話時，雷聲也連續不斷。

昌親抬頭看天空，還是看不到會產生雷電的雲，不禁懷疑是不是在遙遠的上空，只是自己看不到？

可是……

昌親皺起了眉頭。相較於平時的雷電，好像哪裡不對勁。

「進屋裡去吧……」

他陪侄子們進入對屋的廂房。

雷電沒有帶來下雨的跡象，連續響好幾聲後就停止了。

昌親歪著頭思索。

侍女說大嫂說很快就會來，卻還不見她來。雷聲靜止很久，橙色天空也暗了下來。

是不是有事耽擱了？

國成似乎從昌親擔心的表情看出了什麼，對他說：「母親正在向神佛祈禱。」

昌親愣了一下，忠基又接著說：「從早上到晚上，都在祈禱父親趕快回來。」

吹起了風。兩道神氣在昌親背後降落。

《從成親遭到攻擊的那天晚上起，她就一直向藤原的祖先、神佛祈禱，希望成親可以平安無事。》

低沉的聲音直接傳入了耳裡，昌親望向聲音來源，看到現身的十二神將天后和太裳，他們把神氣調整到只有昌親看得見的程度。

在這座宅院，除了成親，沒有人有靈視能力。成親的孩子們，都沒有繼承到靈視能力。不過，這並不表示他們沒有遺傳。成親雖然不像昌浩那麼強烈，身上還是流著天狐的血，應該也繼承了那股力量。

看到在昌浩身上出現的天狐力量後，成親曾喃喃地說，希望孩子們的症狀會在他活著時顯現，這樣他就可以給他們建議。

因為沒有前例，所以不知道天狐的力量會延續多久。在成親、昌親、昌浩活著的時候，還可以告訴下一代，天狐的力量是怎麼樣。能記錄下來的內容有限，就怕相隔好幾代才又冒出來。他們不希望後代子孫，被人類承擔不起的力量擺佈，縮短了生命。

不久前，成親開始認真思考這件事。

當時還不知道播磨神祓眾與曾祖父之間簽下的約定，純粹只是擔心自己的子孫。醒來後的成親，也聽說了神祓眾的螢來這裡的理由。

他面色沉重，只喃喃說了一句「這樣啊」。

多虧有螢，才能壓住成親體內疫鬼的活動，但是疫鬼隨時有可能再活躍起來。而且侵蝕身體的邪氣也還沒完全消除。在解決這些問題之前，成親還不能回到這座宅院。

昌親看著年幼的侄子們。

他們現在正是愛撒嬌的年紀，父親一直沒回來，他們一定也很擔心。

保持緘默的天后，猶豫了大半天才開口說：「成親的狀況怎麼樣？」

昌親面對著什麼都沒有的空間，國成和忠基都好奇地看著他。神將們的聲音，孩子們聽不見。

「早上醒來過一次。不過我出門時，他又睡著了。」

天后和太裳都瞪大眼睛，深深吐口氣，放鬆了緊繃的臉。

他們兩人都沒回去過安倍家，在這裡保護成親的家人。成親的妻子篤子，每晚都壓低聲音偷偷哭泣，他們只能心疼地默默守護著這樣的她。

「……」

雙手交握的天后，心神不寧地扭動手指。

太裳看到她那樣子，苦笑著說：「沒關係，天后。」

聽到同袍這句話，天后訝異轉向他。

「咦……」

「妳是不是想回去看成親？那就回去吧，這裡不會有事。」

天后的視線飄忽不定。

「可是……」

太裳沒有戰鬥能力。萬一發生什麼事，他只能防禦。

「不用擔心，萬一發生什麼事，我會撐到妳趕回來。」

太裳又補充說：「而且真發生什麼事，妳還可以跟安倍家的同袍們一起趕回來。」

安倍家有朱雀、勾陣，還有最強的騰蛇在。

「我知道了。」天后點點頭，閉上眼睛說：「謝謝你，太裳。」

「不用客氣。」

太裳沉著地回應。天后向他交代完事情，就倏地隱形了，神氣逐漸遠去。

昌親看著神將們之間的互動，太裳沉靜地對他微微一笑。

太裳其實也很想回去看吧？昌親在心中這麼嘀咕著。成親和昌親都跟他們很親，就像昌浩跟騰蛇那樣的關係。

成親和昌親都不曾失去過靈視能力，所以是跟神將們一起長大的。就這點來說，他們跟神將之間有更深厚的關係。跟父親、伯父不一樣的是，他們的父母都健在，所以不太有被神將們帶大的感覺，但確實受過他們嚴格的訓練。

太裳移開視線，低頭行個禮，無聲地隱形了。

這時候，大嫂篤子進來了，兩名拿著蠟燭的侍女走在前面。侍女點燃燈台的火，就哄著孩子們出去了。原本其中一個要留下來，篤子命令她退下，她也行個禮出去了。

昌親覺得那名侍女出去前，狠狠瞪了自己一眼，應該不是自己多心。

成親不在家時，跟他差不多年紀的弟弟來訪，還跟大嫂單獨待在點燃燈台的房間。這是好色的貴族們最喜歡的情境呢，昌親這麼想，恍如事不關己。

這時他忽然察覺，自己已經放鬆到有心情想這種無聊的事了。

雖然只差兩歲，自己與哥哥之間卻有著無法拉近的差異。

不只昌浩，連自己都很依賴哥哥。這種事不太光彩，但是事實，沒辦法。

成親從來沒有厭惡或疏遠過這樣的弟弟們，總是會盡到他做長兄的責任。幫他們時，不但不以為苦，還有點樂在其中。

成親就是這樣的性格，所以弟弟們才能放心地當他弟弟。

「昌親大人，有什麼事嗎？」

篤子緊張地問，昌親回她說：「我來是想盡快通知妳。」

「是不是成親……」平常活力十足的悅耳聲音，變得虛弱無力，膽怯地顫抖著。

「請放心，大嫂，哥哥在早上醒來過。」

篤子掩住嘴巴，倒抽了一口氣。睜大到不能再大的眼眸，劇烈波動著。

啞然凝視著昌親的她，忽然瞇起眼睛，臉部扭曲地說：「真的嗎……？」

「真的，只是體力衰弱，又睡著了……」

篤子瞬間溼了眼眶，肩膀微微顫抖。從她這樣的反應，就知道她多麼擔心。

昌親不敢說還沒完全獲救，告訴她這種事太殘忍了。

他暗自發誓，無論如何都要除去疫鬼，讓哥哥回到家人身邊。

過了一會，篤子擦乾眼淚說：「對不起，讓你見笑了。」

「不會。」

篤子挺起背脊，站起來。

「成親需要更換的衣服吧？我現在就去整理，請稍等一下。」

她知道成親雖然醒過來了，還是有很長一段時間不能回來。

「謝謝。」

昌親低頭致謝，篤子微微一笑，走出了房間。

才剛喘口氣，隱形的太裳就疑惑地對他說：

《昌親大人，大門那邊好像有嘈雜聲。》

「咦？」

昌親豎起耳朵仔細聽，果然如太裳所說。

車之輔就停在大門附近。總不會是有人看見那輛妖車，引起了騷動吧？

「太裳，昌浩的妖車停在大門口，你可以幫我看看它嗎？是我麻煩它載我來的。」

十二神將們都知道，昌浩的式平常都待在戾橋下。

《知道了。》隱形的神氣倏地遠去了。

在安靜的對屋側耳傾聽，就可以聽到無數的說話聲，還有馬叫聲。那些說話聲，比較接近怒吼。

昌親走到外廊，想確認怎麼回事，可惜停車的地方被渡殿遮住看不見。如果是有訪客，那種氣氛未免太緊繃了。

到底發生了什麼事？

忽然，他想起傍晚時劈下來的雷電，背脊掠過一陣寒意。

他覺得那不是自然產生的雷電。

沒錯，那不是。

「像是誰召喚來的……」

正這麼低喃時，太裳在他旁邊現身。

「昌親大人！」

太裳驚慌失色的樣子，讓昌親有種說不上來的憂慮。這名神將幾乎不曾慌亂過。

「太裳，怎麼了……」

「不好了，昌浩大人……」

這時候篤子跑回來了。

「昌親大人、昌親大人！」

篤子一手提著布包，臉色蒼白地說：「檢非違使突然來了！」

「檢非違使？」

檢非違使來做什麼呢？這裡可是參議藤原為則的府邸。篤子的父親為則，不可能犯罪被檢非違使追捕。

篤子喘著氣說：「檢非違使說這裡藏匿了犯人……」

「犯人？」

昌親搞不懂怎麼回事。檢非違使在想什麼？居然敢用這種藉口來找參議的麻煩。警鈴在腦中某處響起，傍晚的雷電又閃過腦海。

胸口紛擾不安。

太裳驚慌失措，篤子也花容失色。

昌親還沒開口，篤子就嘟嘟囔囔說了起來。

「今天傍晚，有達官顯要在皇宮裡被刺殺……那個犯下重罪的犯人，突破檢非違使的包圍逃走了……」

她的表情扭曲，使盡力氣述說著。

「檢非違使說，那個犯人就是昌浩！」

昌親的心臟不尋常地狂跳起來。

# 3

◇ ◇ ◇

火把紅紅燃燒著。

檢非違使與衛兵們騎著馬，奔馳在黑幕籠罩的京城。

「跑哪去了……？」

「快搜！」

「快把重犯安倍直丁找出來！」

「絕對不能讓他逃出京城！」

此起彼落的怒吼聲，混雜著馬蹄聲與無數的腳步聲，火把的亮光像大螢火蟲般劃下軌跡，逐漸遠去。

光線照不到的道路角落，出現幾個鬼鬼祟祟的身影。

「在哪裡？」

「應該還逃不遠！」

「把跟直丁有親戚關係的宅院全都搜過！」

「聖旨有令，要盡速抓到犯人處以死刑，快！」

「抓到犯人的人有賞！」

衛兵們群起激動。

「一定要找到安倍直丁，不論死活！」

「快找——！」

在道路角落聽到這些話的幾個身影，悄然消失在黑暗中。

◇　◇　◇

在參議為則府邸的大門前待命的車之輔，看到騎馬的武官以及身分較低的衛兵們，拿著火把靠近自己，慌忙挪到不會阻礙他們前進的地方。

正歪著頭想怎麼回事，就看到還以為會直接經過的武官們，停在為則的府邸前。下馬的武官們，聲勢浩蕩地進入了府邸。

仔細一看，武官的隊伍不只一隊，到處都是。

火把的光芒像小螢火蟲般嫋嫋搖曳。

戰戰兢兢偷看的車之輔，想起女孩在傍晚時衝出去的背影。

吐血後，螢笑著對它說不要告訴任何人，還威脅它說若違約就會消滅它，但它覺得那並不是螢的真心話。

她到底去了哪裡呢？

星星的亮光照不到地面，只能靠火把稍微照亮道路。

《希望她安全回到了安倍家……》

昌浩是犯人。

犯下滔天大罪逃亡了。

大受打擊的昌親，差點站不穩，隱形的太裳扶住了搖晃的昌親。

昌親才剛以動作表示自己沒事，就無力地癱坐下來了。

「昌親大人，你振作點。」

聽到大嫂的話，昌親勉強點點頭。連大嫂都表現得這麼堅強鎮定，自己怎麼可以慌亂成這樣。哥哥若是知道，一定會把他罵得狗血淋頭。

「對不起，大嫂。」昌親道歉。

篤子在他前面跪坐下來，搖搖頭說：「沒關係，我也快昏倒了。」

孩子們對動盪不安的氣氛十分敏感，所以她努力挺住了。這種時候，身為母親的她絕不能倒下。

「到底是怎麼回事？」

昌親的思緒一片混亂，篤子把檢非違使說的話告訴了他。

內容如下：

今天傍晚，安倍直丁在陰陽寮的書庫，殺害了達官顯要藤原公任。他斷定皇上會下旨處死自己，就趁打雷時甩掉來捕捉他的檢非違使，逃之夭夭了。目前還沒掌握到他的行蹤，檢非違使已經總動員追捕他。

安倍直丁的親哥哥曆博士，是為則大人的女婿，很可能藏匿逃進這座府邸的犯人。如果真有藏匿，務必遵從旨意，立刻把犯人交出來。

總管說昌浩沒來過，他們說如果來了，要抓住他再通報檢非違使，說完他們就先撤離了。

「現在檢非違使和衛兵們，都在京城四處追捕昌浩……」篤子開始顯露焦躁。「開玩笑也要有分寸嘛……昌浩大人怎麼可能做那種事！」

昌親也這麼想。

這時腦中閃過一個光景。

早上，弟弟站在半開的木拉門前，一副有話要說的樣子。
為什麼那時候沒有聽他說話呢？
懊惱的苦澀湧上心頭，昌親用僅有的氣力壓抑下來。
「藤原公任怎麼樣了？」
篤子搖搖頭說：
「我也不清楚，檢非違使不肯告訴我。不過，好像還活著。」
「是、是嗎？那麼……」
還有希望。只要公任作證，就可以洗清昌浩的嫌疑。
可是為什麼會發生這種事呢？不弄清楚原因，就沒辦法處理。
昌親單手掩住了臉。
現在，昌浩是被追捕的犯人，昌親是他的親人，很可能受到牽連，不能輕舉妄動。
「該怎麼辦才好！」昌親啞然失言。
緊握拳頭的篤子，抬起下巴，在全身顫抖的狀態下閉上眼睛，長長地吸一口氣，然後緩緩地吐出來。
再張開眼睛時，她的顫抖停止了。
「昌親大人，我們要冷靜。」

昌親訝異地倒抽一口氣。

年紀比他小的大嫂接著說：

「我們不知道的事太多了。光聽檢非違使的說法，看不清楚事情的全貌，沒辦法知道發生了什麼事。」

「沒錯……」

點頭表示贊同的昌親，在心中嘖嘖讚歎。

那麼激動的大嫂，居然可以在一個深呼吸後，即刻恢復冷靜。即便只是表面上的冷靜，也掩飾得非常完美。

難怪哥哥選擇了她。

篤子的視線飄來飄去，思索著什麼。

「要想辦法弄清楚，皇宮裡正在進行什麼事、如何進行……」她稍作停頓，猛然張大了眼睛。「對了，可以找行成大人！」

藤原行成是她的兒時玩伴、成親的好朋友，也是現在被當成犯人的昌浩的輔導人。

想到這些，昌親頓時臉色發白。

「可是昌浩犯的是滔天大罪，而行成大人是他的輔導人，說不定也會受到牽連，他會肯協助我們嗎？」

被昌親這麼一說，篤子瞬間有些猶豫，但很快抿抿嘴堅定地說：「他是很有見識的人，一定會幫我們。」

那應該是類似祈禱的想法吧，她的雙手緊緊交握著。

「我去寫信給行成大人……」

話還沒說完，就聽見背後傳來惶惶不安的叫喚聲。

「母親……」

昌親和篤子同時回頭看，忠基和國成楚楚可憐地站在柱子後面。

篤子大吃一驚，國成畏畏縮縮地問：

「外面有什麼事嗎？」

「好像有妖怪在吵鬧，我聽到可怕的聲音……」

臉皺成一團快哭出來的忠基說的可怕聲音，應該是檢非違使們的叫喊聲。聽不清楚在說什麼，只微微聽得見粗暴的聲音。

小孩子的耳朵很敏銳，聽得見叫喊聲持續不斷。

篤子攤開雙手，招呼孩子們過來，他們立刻衝進了她懷裡。

她緊緊擁抱兩個兒子，溫柔地對他們說：「不用怕，沒事的，那是不懂事的大人在吵鬧。」

看到孩子們不安的表情，她又笑著說：「你們不可以變成那樣的大人喔。」

國成用力點頭，對訓誡他們的母親說：

「是，我會變成像父親那麼優秀的大人。」

「優秀的大人。」

孩子們挺直背脊發誓的模樣，看得篤子好心疼，說不出話來。

國成和忠基看到篤子無聲點著頭，好像安心多了。

「我跟昌親叔叔還有很重要的事要談，你們先回房間。現在時間還有點早，可是今天你們就早點睡了吧。」

國成點點頭，拉起弟弟的手。

「知道了。忠基，我們走。」

「好。晚安，母親。」

「嗯，晚安。」

默默看著他們之間應對的昌親，微微瞇起了眼睛。

從一起離開的孩子們的背影，昌親看到了以前的自己和哥哥。

——走吧，昌親。

眼前浮現回頭伸向自己的纖瘦的手；耳邊響起高八度、還很稚嫩的聲音。

已經很久沒有想起來了，昌親懷念地抿嘴一笑。國成跟當時的成親一樣，年紀雖小，卻儼然已經有個哥哥的樣子了。

國成和忠基趴躂趴躂走在冰冷的渡澱時，庭院樹木突然發出聲響，把他們嚇得停下了腳步。

「……哥哥……」

忠基害怕地躲到國成背後，國成鼓起勇氣對他說：「沒事。」

「可是……」

聲音是從東北對屋的北邊樹叢傳來的。

國成吞下唾沫，抓著忠基的手往前走。

他想起父親說過，害怕是因為不了解狀況，知道真相後就不覺得怎麼樣了。

在從對屋走下庭院的階梯上，國成放開了忠基的手。

「你在這裡等，我去看看。」

忠基猛搖著頭說：「我要跟你一起去！」他寧可一起去，也不要被單獨留下來。

國成點頭說好，牽著忠基的手走下階梯，光腳走向樹叢。

風很冷，乾燥的地面也很冷。

小孩子常常光著腳走下階梯，在庭園裡玩耍，所以雜役們隨時都把庭院打掃得很乾淨。還怕他們踩到會受傷，地上連一顆小石子都沒有。

天一黑，就會點燃懸掛的燈籠，亮光勉強可以照到這裡。

這附近的樹叢很適合玩躲貓貓，所以他們兩人常常鑽進去裡面，弄得全身都是樹葉。這是他們很熟悉的地方，沒什麼好怕的。

不可怕。一點都不可怕。沒什麼可怕的東西。

國成邊拚命這樣說服自己，邊悄悄往樹叢裡面看。

「……啊……」

忠基差點叫出來，從樹叢裡伸出一隻手摀住了他的嘴。

從沒見過的人，把食指按在嘴巴上，對張大眼睛的忠基說：「噓。」

這個人跟他們穿著一樣的衣服，但是個女孩。

乖乖點頭的忠基，聽到國成微弱的低喃聲。

「昌浩叔叔……？」

忠基定睛注視。女孩旁邊站著他最喜歡的叔叔。

篤子說要去寫信給行成，先離開了對屋。沒多久後，應該已經上床睡覺的忠基，表情悲傷地跑進來了。

「叔叔，請跟我來。」

昌親被忠基拉著袖子，越過通往東北對屋的渡殿，走下階梯。光著腳走進庭院，被帶到樹叢處，就看到國成站在那裡。

「國成，怎麼了？」

孩子們默默指著樹叢裡面。昌親疑惑地撥開樹叢，看到兩個人。

「螢、昌浩！」

躲在樹叢裡的螢，無言地抬頭望向他。蹲坐在她斜後方的昌浩，聽見昌親的聲音，顫抖著肩膀，緩緩抬起頭。

「……」

他的嘴巴動著，卻沒發出聲音。

昌親正要說什麼時，從上面傳來其他聲音。

「保持安靜。」

抬頭一看，是十二神將勾陣單腳屈膝跪在圍牆上，觀察外面的狀況。

昌浩縮著身子。螢的表情緊繃。

國成和忠基察覺氣氛不對，害怕地抱住昌親的腳。

無數的腳步聲從圍牆外經過，其中混雜著馬蹄聲，應該是檢非違使的隊伍。勾陣移動了視線，從她的動作可以看出，那隊人馬往哪裡去了。

忽然，勾陣的視線轉向了下方，從圍牆外傳來緊張的高八度聲音。

「不好，人數愈來愈多了。」是小怪。

一般人都看不見勾陣和小怪。勾陣留在這裡監視，小怪在附近察看。

「主要道路都有檢非違使站崗，嚴格監視著昌浩所有親人的住處。」

昌浩仰起了臉。昌親看到弟弟的表情，不禁啞然失言。

被逼得走投無路的他，臉色蒼白得像張白紙，右臉頰被什麼黑色東西弄髒了。仔細看，會發現他的衣領、胸口、褲子，也都有黑色污漬。露出袖子外的右手，也沾染著同樣顏色的污漬，這些都讓昌親聯想起陰陽寮發生的事。

「昌浩……」

察覺哥哥在看什麼的昌浩，繃起了臉。

他心想非辯解不可，喉嚨卻像凍住了般，怎麼也發不出聲音來。

◇ ◇ ◇

螢和昌浩在大自在天④的雷電的協助下，好不容易才逃出皇宮，甩開追兵，沒命地往前跑。

但是檢非違使策馬疾馳，先趕到前面，阻擋了他們的去路。

他們不能回安倍家。檢非違使的人應該先去了那裡。

那麼，該去哪？

看到檢非違使、衛兵，或有什麼風吹草動，他們就像無頭蒼蠅般亂跑，不知不覺中天就黑了。到處都點燃火把、增加衛兵，更如火如荼地展開了追捕。

這樣下去，遲早會因無處可逃而被逮捕。一旦被抓到，就會被處決。協助他逃亡的螢，也免不了被判重罪。

提議暫時離開京城的是小怪。京城是個封閉的空間，只要檢非違使進行地毯式搜索，就很難逃得過。離開京城，整個日本就很遼闊了。

總之，當務之急就是要保住性命。儘管有十二神將中最強與第二強的鬥將跟著，但對方是人類，很難說能不能保護得了昌浩。而且，神將們也沒辦法替昌浩洗清他在宮中的冤罪。

從一開始，紅蓮和勾陣就不相信昌浩會刺殺公任。昌浩是被陷害的。
在小怪進入書庫時鑽到地下的疫鬼，就是最好的說明。
紅蓮和勾陣分別抱著螢和昌浩，學以前朱雀那樣，沿著家家戶戶的屋頂前進，試著逃出京城外。
但環繞京城的圍牆外，不知何時築起了看不見的保護牆，阻擋了神將們。
檢非違使們都毫無阻礙地往來於門內門外，可見對人類沒有影響。京城內住著很多妖怪，它們也都跟檢非違使一樣，活蹦亂跳地進進出出。那道牆只會阻擋神將，對神氣產生反應，彈回神氣。
這樣就不能翻牆出去了。出京城的每一道門，都有檢非違使看守。
某人的法術把他們困在京城內了。
搜查的衛兵不斷增加，這樣下去會被逮捕。
他們試著尋找逃出去的路時，差點被檢非違使發現，慌忙跑回京城內。
不知不覺就來到這座宅院了。是勾陣察覺的。
這時候，聽到前後都有檢非違使的馬蹄聲，勾陣不容分說就抓著螢和昌浩翻進了圍牆內。
小怪去找追兵比較少的地方，大家等著它回來。就在這期間，小孩子們出現了。

◇　◇　◇

可能是因為發生太多事，明明今天早上才見過面，昌浩卻特別想念哥哥。

從傍晚跑到現在，筋疲力盡的昌浩，想起昨晚也是一夜都沒睡。手腳都快要發軟的他，能撐到現在，是因為有小怪、勾陣、螢的陪伴。

昌親穿過樹叢，在昌浩前面蹲下來。

「昌浩，你還好吧？」

昌浩緩緩伸出手，抓住憂心忡忡地看著自己的昌親的袖子。

真的是哥哥。

他下意識地吐出長長的一口氣。緊繃的身體，終於稍微放鬆了。

「哥、哥……」

從喉嚨溢出來的聲音，嘶啞得連他自己都感到驚訝。

他的指尖冰冷。因為打擊太大，全身都沒了血色。即使跑了這麼久，身體卻還是這麼冰冷。

等到昌浩漸漸冷靜下來，有餘力觀察周遭後，他才發現侄子們正擔心地看著自己。

「昌浩叔叔……你怎麼了？」

國成戰戰兢兢地問，昌浩不知道該怎麼回答，表情痛苦地搖著頭。

「昌親大人，怎麼了？為什麼國成他們也在這裡？」

突然響起叫喚聲，所有人都倒抽了一口氣。

篤子站在對屋的外廊上。懸掛燈籠的光線，在她臉上形成了陰影。

昌親對昌浩和螢說：「進去吧……沒事了。」

他安撫全身戒備的螢，抓住昌浩的左手，把他拉起來。

看到從樹叢出來的兩人，篤子瞠目結舌，蠕動的嘴巴像是說著「昌浩大人」。

篤子走到最下面的階梯，就看到昌浩右臉上的髒污。

昌浩用袖子擦拭過很多次，還是擦不去已經乾掉黏住的血跡，衣服上也有同樣的污漬。

篤子看到那些血跡，悲傷地瞇起了眼睛。

她轉過身去，快步走上階梯，進入對屋。沒多久再出來時，手上抱著琉璃水瓶走向他們。

她從懷裡拿出裁成半截的毛巾，用水沾溼，替昌浩擦去臉上的髒污。昌浩像個小孩子般，任憑她擦拭。

「手伸出來。」

昌浩畏畏縮縮地伸出右手。冰冷的水潑在他手上，他用左手拚命搓掉髒污。

冰冷的水往下滴，肌膚的顏色也慢慢復原了。原本昌浩還很擔心，要是黏在身上的污漬再也去不掉該怎麼辦？現在這些污漬都消失得無影無蹤了，他才鬆了一口氣，差點哭出來。

「國成、忠基，把腳擦乾淨，進屋裡去，這次要乖乖睡覺。」

兩個孩子互看一眼，又默默轉向昌浩。

看到兩個侄子擔心的樣子，昌浩強撐起所有的力氣，擠出了笑容。

「叔叔晚安……」

「安……」

國成從母親手中接過毛巾，擦拭腳底，然後把弟弟的腳也擦乾淨，牽著他的手乖乖進了對屋。

兩個孩子的背影一消失，昌浩的表情就恢復了原有的僵硬。

「昌親大人、昌浩大人，還有這位……」

螢對不知道自己來歷的篤子行個禮說：「我是跟安倍家相關的人。」

篤子聽得出來，只有說這麼多的女孩，似乎不想說出自己的名字，所以也只回應她「這樣啊」。

「各位，這裡很冷，去那裡吧。」篤子指的地方，是昌親剛才待的東對屋。

「侍女們都不會來，放心吧，跟我來。」

螢和昌浩看昌親一眼，昌親對他們點點頭，示意他們走上階梯。

**小怪的陰陽講座**

④佛教中的護法神之一，能夠自在變化，故稱為自在天。

# 4

孩子們進入對屋，昌浩他們也走上了階梯。

在圍牆上看著他們的勾陣，呼叫在路上的小怪。白色身體輕輕躍起，降落在勾陣旁邊的小怪，不情不願地瞥屋內一眼。

勾陣看到它那樣子，淡淡苦笑著說：「孩子們都在對屋，不用擔心。」

「我沒擔心……」小怪猛然轉向其他地方，甩動白色尾巴，夕陽色的眼睛閃爍著。

「要怎麼逃出京城呢？」

勾陣露出銳利的眼神。

「難道是敵人知道我們跟著昌浩，企圖拆散我們？」

「很可能是。」

那道牆似乎會對神氣產生反應。它試過以小怪的模樣翻越，輕而易舉就翻過去了。

「把神氣完全壓下來，就可以翻越。可是光我們能翻越，也沒有意義。」

有沒有什麼辦法，可以讓昌浩逃出京城呢？

小怪神情凝重地瞇起眼睛。

「不能從門出去，就破壞京城的圍牆吧？」

「這麼做也是可以……可是現在如果事情鬧得更大，這些事也全部都會被算在昌浩頭上喔。」

「嗯，說得也是。」

他們盡可能不想讓昌浩背負更多的罪名，而且那麼做，也像是在告訴大家他在那裡。人們會怎麼做是其次，最擔心的是不知道築起保護牆的術士會怎麼做，所以最好是可以悄悄地逃出去。

小怪看著勾陣，表情嚴肅地說：

「乾脆穿越異界，稍後再會合。」

環繞人界京城的無形牆壁，對與人界重疊存在的異界，應該沒有影響力。

這麼想的勾陣和小怪，腦中同時閃過強行連接過去時空侵入異界的幾張面孔。擁有那麼強大的力量的人類沒幾個，神將們也還沒遇見過。安倍晴明可能做得到，但他對這種事沒有興趣，所以從來沒試過。

沒有意外的話，只要回到異界，應該就能逃離京城。這純粹只是往好處想的猜測，但他們彼此都沒說破。

勾陣板著臉說：「你是要我在不知道你們能不能平安離開京城的狀態下先走？」

結論就是這樣。

小怪沒辦法回答。

勾陣瞇起眼睛，撩起頭髮說：「我在羅城門引開檢非違使，你趁這時候，帶著昌浩他們闖出去。」

皺起眉頭的小怪，無言地用視線回應。勾陣聳聳肩說：「事後再經由異界會合，這是最實際的做法。」

勾陣嘆口氣，敲一下小怪的頭，又接著說：「即使那個術士的法術遠達異界，阻擋你們，也有你陪在昌浩身旁，還有螢可以依靠。」

平安逃離京城後，也不能保證不會發生任何事。

陷害昌浩的術士，很可能發動攻擊。明知道會這樣，卻不能跟在昌浩身旁，是她最不甘心的事。

光隱形不行，她試過了，會被阻擋。要把神氣完全壓下來，或徹底隱藏，才能翻越那道牆。

小怪滿臉苦澀，緘默不語。

勾陣說得沒錯，它可以逃出去。她當誘餌引開對方的注意力，它也的確比較容易跟昌浩他們一起逃出京城。

令人扼腕的是，會削減戰力。光靠自己也沒有問題，但現在還不清楚對方的來歷，有勾陣在還是會比較放心。

想著這些事的小怪，忽然察覺一件事，沉默下來，心情變得好複雜。自己被稱為十二神將中最強的鬥將，居然慌亂成這樣。

小怪眉頭一皺，就感覺到同袍的神氣，立刻抬起頭看。旁邊的勾陣也張大眼睛，站了起來。

十二神將天后的神氣在他們下面飄落，躍上圍牆現身。

「勾陣、騰蛇，你們怎麼在這裡……！」

滿臉驚愕的天后，似乎察覺到什麼，望著屋內說：「昌浩在裡面嗎？」

看同袍都沒有回應，天后又逼近他們說：

「勾陣，到底出了什麼事？京城到處都是檢非違使，安倍家又被奇怪的保護牆包圍，進不去。」

不只勾陣，連小怪都瞪大了眼睛。

「什麼?!」

天后瞥一眼大叫的小怪，用尖銳的嗓音說：「我被無形的牆壁阻擋，進不了安倍家，在裡面的天一和朱雀也說他們出不來。」

「可是，先回到異界……」

勾陣還沒說完，天后就打斷她的話，搖搖頭說：「沒用，我試過了，怎麼樣都進不去，那道牆對異界也有影響。」

小怪與勾陣以嚴厲的眼神互看著對方。

他們擔心的事成真了。

「還有，檢非違使們開口閉口都是安倍直丁，他們說的是昌浩吧？發生了什麼事？」

勾陣瞄了小怪一眼，小怪望著遠方，甩著耳朵，那樣子擺明了就是要把事情推給勾陣。

勾陣輕輕嘆口氣，把事情一五一十告訴了同袍。

天后倒抽一口氣，掩住嘴巴說：「怎麼會這樣……」

勾陣問猛搖著頭的天后：「妳怎麼會去安倍家？」

成親不在家的這段時間，天后和太裳擔心他的家人會發生什麼事，都守在成親家。

天后告訴同袍，她聽昌親說成親醒過來了。她興奮得坐也不是站也不是，就接受太裳的好意，趕回安倍家探視好起來的成親。沒想到被那道牆擋住，沒見到成親。

小怪懊惱地咂咂舌，用力甩了一下尾巴。

「無處可逃了嗎……」

自己人的動向完全被看透了。對方設想得非常周全。必須隱藏神氣才能翻越牆壁，也不能穿越異界。

「騰蛇，還是我去……」

小怪忽然豎起了耳朵。

「怎麼了？」勾陣訝異地問。

小怪甩甩尾巴站起來說：「我聽到車輪聲。」

「車輪聲？那又怎麼樣……」勾陣說到一半，張大了眼睛。

熟悉的嘎啦嘎啦聲逐漸接近，那是妖車發出來的車輪聲，一般人聽不見。

緩緩前進的妖車，看到圍牆上的三個身影，跳了起來。

《啊，式神大人！》

應該待在戾橋下的它，怎麼會在這裡呢？

勾陣正驚訝時，聽到小怪的低喃：「來得真是時候……」

小怪的眼睛亮了起來。

燈台的火搖曳著，四個影子隨著火光嫋嫋舞動起來。

昌浩面無血色，嘴巴緊閉成一條線，不發一語。

坐在他旁邊的螢，在昌親的要求下，說明了事情的經過。

她說她看到昌浩被檢非違使包圍帶走，所以召來雷神，製造混亂，讓昌浩趁亂逃走。

昌親和篤子都知道，被當成肇事者的昌浩逃走了，現在聽到逃走經過，兩人都驚訝得啞然失言。尤其是篤子，她的丈夫成親是曆博士，很少讓家人看到他參與這類法術的模樣，所以老實說，她光聽也很難想像那種場景。

儘管難以想像，她還是看得出來，這個初次見面的女孩沒有說謊。

昌浩和這個協助他逃亡的螢，都被檢非違使通緝了。

「被檢非違使抓到，恐怕會被就地處決吧？」螢淡淡地說。

昌親倒抽了一口氣，篤子掩住嘴巴，目瞪口呆。

「……」

現場一片沉默，氣氛凝重。

橙色的柔和燈光輕輕飄搖。昌浩用眼角餘光，茫然望著那樣的晃動。

自己是怎麼樣逃出了皇宮，昌浩不太記得了。

只記得拚命往前跑，生怕跟丟了螢的背影。明明看到了周圍的顏色，也聽見了聲音，卻沒有半點記憶。在夜幕低垂，視野被封鎖後，也只有螢的背影清晰地浮現在黑暗中。

手腳的指尖又冰又冷。濺了一身、已經乾掉黏住的血，都被洗乾淨了，卻怎麼也揮不去還留著黏稠觸感的錯覺。

「昌浩……」

有人碰了他的肩膀。

「噫！」

昌浩的肩膀顫動一下，轉移視線。

眼前是擔心地看著他的二哥。

「可以告訴我發生了什麼事嗎？」

昌親沉著地詢問，昌浩只是不停地移動視線。

到底發生了什麼事？昌浩比誰都想知道。

「我……我不知道……」

「哦。」

「真的……我真的不知道……清醒時，公任大人就倒在那裡了……」

藤原公任發出微弱的呻吟聲、臉色蒼白、痛苦地喘著氣，鮮血從他按著腹部的手指

間流出來。另一隻手扒抓著地面，像是在求救。

昌浩還聽見什麼笨重的聲音。

現在回想起來，那是短刀從自己手中滾落時的聲響。

沒錯，是短刀。不知道哪來的短刀。陰陽寮的官吏都是文官，沒有人會帶武器。那間書庫也是保管文書資料的地方，祭祀用的刀劍、矛戟都收在其他地方。

「公任大人說有事跟我商量……可是他要找的人其實是爺爺……我想他只是要我幫忙傳話而已。」

「哦。」

昌親邊點頭，邊輕輕拍著昌浩的背。以一定的節拍，不斷重複著。

思緒混亂、呼吸急促的昌浩，沒有察覺昌親這樣的動作。

「他好像不想讓別人聽見……所以我們進了書庫……」

昌浩大張的眼睛顫動著。

「敏次正好從書庫出來……我們聊了一會兒……」

忽然，撕裂橙色天空炸開來的雷電閃過腦海。

檢非違使和官僚們都被炸飛出去，同樣躺在他們之中的敏次，視線與他交會了。

昌浩倒抽了一口氣。

「哥……哥哥、哥哥！」昌浩抓著哥哥說：「陰陽寮的人都沒事吧？有沒有因為我的關係，被冠上什麼莫須有的罪名？」

有人召喚了雷神，這種事只有陰陽師做得到，所以首先會被懷疑的就是陰陽寮的人。

昌親不由得與篤子互看一眼。她滿臉困惑，默默搖著頭。剛才來過的檢非違使們，並沒有提起這件事。

「我們什麼都沒聽說，不過，應該不會牽連陰陽寮的官吏們。」

「真的嗎？」

「沒理由牽連他們吧？協助你逃走的人，又不是陰陽寮的官吏，是來歷不名的術士。」

昌親瞄一眼默默跪坐著的螢，再把視線拉回到昌浩身上，對他微微一笑。

「而且，或許不該這麼說，可是，我必須說很遺憾，陰陽寮沒有能力那麼強的人，可以召喚雷神。所以放心吧，他們不可能被懷疑。」

語氣強裝鎮定的昌親，逐漸緩和了昌浩激動的情緒。

昌親又刻意配合昌浩的呼吸問他：

「還記得其他事嗎？什麼都好，你覺得無關緊要的事也行。」

燈台燃燒的微弱嗞嗞聲，聽起來特別響亮。

昌浩拚命在凍結的記憶中挖掘。

進入書庫後，公任又支支吾吾了好一會兒，視線飄來飄去，在狹窄的空間裡焦躁地踱來踱去。昌浩靠著牆壁，靜靜等著他切入主題。

「呃……」

如果整理不出頭緒，何不改天再說呢？昌浩邊看著他，邊暗自這麼想。要不然寫信也可以啊，這樣就可以直接拿給祖父看，省事多了。

書庫很暗，所以進去時他就打開了格子窗。西斜的陽光從那裡照進來，剎那間，他想到應該快申時了。

就在這時候，額頭上冒著汗的公任，終於壓低嗓門說出了第一句話。

——不好意思，我不知道該怎麼說才好……

公任雙手掩面。夕陽漸漸染上了橙色。

昌浩莫名地忐忑起來。心裡毛毛的，有種無法言喻的感覺悄悄擴散開來。

遠處響起了申時的鐘聲。啊，已經這麼晚了。昌浩這麼想。往窗戶看時，好像看到什麼東西跑過去。

有東西在動。

他直覺地轉向了那裡。
黑影在他腳下鑽動。
這時他聽到有人「咦」一聲，屏住了氣息。就在他抬起頭時，眼前出現閃亮的竹籠眼圖案。
記憶到此中斷了，他是現在才想起那是竹籠眼圖案。
那之後。鐵腥味衝鼻，他撐開沉重的眼皮，就看到公任躺在地上。
「看到竹籠眼後，就什麼也……」
螢聽到昌浩迷迷糊糊的低喃，她的表情瞬間緊繃起來。但是昌親和篤子都看著昌浩，沒有注意到她的反應。螢很快抹去緊張的神色，裝出沒事的樣子。
仔細聽著弟弟說話的昌親，又向他確認了一次。
「你清醒時，公任大人就躺在地上了？」
昌浩搜索記憶，點了點頭。
「這樣啊。」昌親嘟囔著，嘆了一口氣。「那麼，你什麼都沒做，殺害公任大人的人不是你。」
昌浩反彈般抬起頭，外表沉穩的哥哥眯起眼睛說：「你只是中了他人的計謀，被當成了犯人。放心，你是清白的。」

「……」

昌浩的肩膀抖得很厲害。

什麼都不記得，是他最害怕的事。究竟是誰刺傷了公任？是誰？

那時候，他拚命告訴來抓他的檢非違使，不是他殺的，不是。

但真是這樣嗎？沒有人看見、沒有人可以證明。

書庫裡只有昌浩與公任兩人，還被敏次撞見了。

從間接證據來看，昌浩就是犯人。昌浩沒有記憶，公任又處於昏迷狀態，不能作證。在這種狀況下，任誰都會相信是昌浩的犯行。

昌浩猛然倒吸一口氣。

敏次的視線跟他交會過。就在雷聲掩蓋所有聲音時，敏次的嘴巴動了。

——快逃！

每個人都相信昌浩就是犯人，只有一個人除外。

沒跑的話，早就被斬首處決了。是敏次從背後推了他一把，他才能跑走。

不知道陰陽寮現在怎麼樣了？他記得劈下來的雷電，破壞了建築物，也記得看到火勢蔓延、官吏們倒在地上。雷電帶來的損害非常嚴重。

他甩開檢非違使們的手，螢也俐落地扳倒了阻擋去路的衛兵們。他隱約記得，聽到喧鬧聲的衛兵，正要把門關起來時，他們衝出了那扇門。那是哪裡的門呢？

昌親看著還是面無血色的昌浩，又對他說了一次：「絕對不是你，我即使沒看見、不在那裡，也知道不是你，昌浩。」

哥哥溫暖的聲音沁入肺腑，撼動了昌浩的心。

◇　◇　◇

拿著火把在京城東奔西跑的檢非違使們，相遇時就互換情報，逐漸縮小安倍直丁可能躲藏的搜查範圍。

根據目擊者的證詞，在剛才查詢過的參議府邸附近，看到可疑的人物。

「參議……為則啊……」

為則的身分太高，不能當面問他有沒有藏匿犯人。但是檢非違使有聖旨，這是他們的優勢。

檢非違使短暫協議後，決定再去參議府邸確認。

由拿著紅紅燃燒的火把的衛兵帶頭，幾名騎馬的檢非違使與無數的徒步衛兵小跑步跟在後面。

躲在黑暗裡的幾個黑影，監視著他們的動靜。檢非違使一離開，黑影們就聚集起來，很快又散開，沉入了黑暗中。

◇　◇　◇

在參議府邸周遭巡視的小怪，忽然停下來，把耳朵貼在地上。有無數的腳步聲。地面開始震動。馬蹄的數量也不少。

「不好了……」

小怪轉過身去，跳上圍牆疾馳。

妖車停靠在靠近東對屋的牆邊。勾陣單腳屈膝跪在圍牆上，注意四周的狀況，在她旁邊的天后也一樣。

發現小怪衝過來的勾陣，看到夕陽色眼眸中的緊張氛圍，站了起來。

「騰蛇。」

「檢非違使們又來了，我們不能再麻煩成親的夫人了。」

勾陣轉身跳躍。天后也晚她一步，跟著跳下去，悄悄降落在樹叢前的地面。

停在牆邊的車之輔心亂如麻，小怪甩甩尾巴對著它說：「車之輔，該你出場了。」

妖車因不安而往下垂的眉毛，立刻上揚，振作起來。

《是，只要在下幫得上忙的事，請儘管吩咐！》

已經緊繃到極限的昌浩的心，終於稍微放鬆了。線拉得太緊很脆弱，一不小心就可能斷裂。不管任何時候，都要保持寬鬆的心情，才能冷靜地觀察四周。

昌浩看著昌親，緩緩地點著頭說：「對，不是我……雖然只有一個人相信。」

「嗯。」

「不是我，我不可能刺殺公任。」

他覺得眼角發熱，強忍到現在的情感一湧而上，就要炸開了。沒辦法大叫「不是我」的委屈，膨脹到最高點。

但是昌浩努力壓下來了。

保持沉默的篤子，終於開口叫喚肩膀大大顫抖的昌浩。

「昌浩大人。」跪坐在燈台附近的篤子，表情有點嚴肅，雙手緊緊交握。「檢非違使們在追捕你，剛才也有人追來這裡，逼問我家總管你在不在這裡。」

總管面不改色，恭恭敬敬地把他們請出去，然後交代雜役、侍女們不要慌張，像平常一樣工作，再去向篤子報告這件事。

這個家的總管，年紀跟主人為則差不多。從篤子出生前，他就在這個家工作，對篤子十五歲時結婚的對象成親也有正面的評價。

「在事情平息之前，你就待在這裡吧。我會交代下面的人嚴守秘密。他們都是身家清白的人，沒有人會到處亂說。」

昌浩搖頭拒絕了。

「不……這樣會給大嫂和參議大人帶來麻煩，不行。」

萬一出了什麼事，他可沒臉回去見大哥。

篤子沉著地微笑著說：「昌浩大人，你以為我是誰？」

「咦？」

不只昌浩，連昌親和螢都疑惑地看著篤子。她凜然挺起胸膛說：「我可是安倍成親的妻子。你認為你哥哥會在弟弟面臨危機時，丟下他不管嗎？」

不，成親不會。

「成親絕對不會那麼做，現在他不在家，我有義務替他做這件事，因為，我是你的大嫂。」

篤子沒有兄弟姊妹，是參議的獨生女。她很高興結婚後多了兩個弟弟，有了兩個弟弟，就會再多出兩個弟媳。沒有兄弟姊妹多少有些遺憾，但這也是沒辦法的事。所以她希望多生幾個孩子。她曾說一個人太寂寞，兄弟姊妹愈多愈好。

「大嫂……」

昌親說不出話來。

這時候，一直隱形的太裳緊張地對他說：

《昌親大人，勾陣來了。》

就在昌親回頭的同時，勾陣跳上了外廊，天后跟在她後面。

篤子看到木門突然打開，卻不見人影，不由得屏住了氣息。

木門不輕，不會被風吹開，到底是怎麼回事？

昌親他們的視線都集中在某一點，跟驚愕的篤子成對比。篤子從他們的動作猜測，應該是出現了自己看不見的東西。

向來冷靜沉著的勾陣，很少露出這樣的表情，昌親訝異地眨了眨眼睛。

「勾陣，怎麼了？」

萬綠叢中一點紅的鬥將，加強神氣現身，讓普通人的篤子也看得見，然後以稍快的速度說：「檢非違使們又來了。」

昌浩和螢驚愕地抬起頭。天后一回來，隱形的太裳的微弱氣息就消失了。

篤子張大眼睛，把嘴巴緊閉成一條線，盯著突然出現的奇裝異服的女子。

昌親交互看著勾陣和昌浩，焦躁地咬著牙。
「怎麼辦……」
聽見這樣的低喃，昌浩屏息凝視著哥哥。
待在這裡會連累參議為則，絕不能依賴篤子的好意。
昌浩向篤子行個禮說：「大嫂……謝謝妳，可是，妳的好意我心領了。」
盡可能不引起注意，悄悄跪坐在一旁的螢，用不帶一絲情感的眼眸看著驚愕的篤子。
「昌浩大人……」
「讓國成、忠基、小姪女受到驚嚇，哥哥一定會怪我。只要牽扯到小孩子，哥哥就會變得很可怕……」
昌浩努力想擠出笑容，但沒成功，變成要笑不笑的奇怪表情。
「可是……」
勾陣舉起一隻手，制止了還想說什麼的篤子。
「別再說了，沒時間了。」
篤子以嚴厲的眼神盯著勾陣，視線犀利得可以射穿人。勾陣覺得那是無言的質問，問她是不是能夠保護昌浩到底。

「我是效忠安倍晴明的十二神將勾陣。安倍成親的夫人，如果妳有話要對我說，就說吧。」

篤子挺直背脊，凜然地說：

「那麼，我就代替我丈夫拜託妳，好好保護他弟弟。」

嘴巴說拜託，瞪著勾陣的眼神卻充滿挑釁。

勾陣對篤子微微一笑說：「知道了。」

然後她瞥昌浩和螢一眼，催促兩人動身。

這時候，無數人的氣息逐漸靠近。不只神將，連人類都察覺了。檢非違使的人數可能增加了，馬蹄聲也不在少數。

所有氣息逐漸在大門口匯集。東對屋與大門有段距離，但衛兵多的話，大有可能派來這裡監視。

屋外響起了要求開門的叫喊聲，屋內氣氛立刻浮躁起來。稍微可以聽見雜役和總管正在應付他們。必須趕快行動。

篤子拉開燈台，打開放在隔間帷幔旁的箱子，從裡面翻出了衣服。

「昌浩大人，這些你帶著。」

她迅速地用布巾包好衣服，塞給昌浩。順手接過來的昌浩，疑惑地看著她。於是她瞇起眼睛說：「那是我太過心急的父親，提早準備的狩衣和單衣，說要給國成舉辦元服之禮時穿。你帶著，把弄髒的直衣換掉。」

昌浩赫然低下頭，看著自己身上的衣服，上面都是已經乾掉變黑的污漬。大嫂設想周到，擔心他繼續穿著這樣的衣服，心情會很沉重，

侄子國成才六歲，離元服之禮還很久。參議為則卻在這時候就開始嚴格選擇布料，做成新衣，期待著他的成長。

昌浩驚慌失措地說：「這麼貴重的東西，我不能收。」

篤子輕輕推開他塞回來的手，搖搖頭說：「沒關係，你帶著，送給你。」

她又轉頭對勾陣說：「我家在吉野有間山莊，以前昌親大人和昌浩大人都去過，不知道他們還記不記得。」

當她轉向兩人時，兩人都沉重地點了點頭。

「去那裡吧，檢非違使們應該不會想到你們去了吉野。」

這只能說是她個人的希望。調查過親戚後，遲早會搜到那裡。不過，多少可以拖延一些時間。

從門那邊傳來的說話聲，語氣愈來愈粗暴。

剛才消失不見的神將的神氣又出現了。

《檢非違使們氣焰囂張，逼迫總管讓他們進屋內搜查，請快離開。》

去偵察回來的太裳的聲音，直接傳到昌浩耳裡。勾陣也聽見了，轉過身，輕盈地跨過高欄。跳上圍牆的她，嚴厲地瞇起眼睛，觀看道路的狀況。

下面還沒有衛兵，但聽得到嘈雜聲很近了。

妖車看見她，晃動前後的簾子。

《式神大人去探查檢非違使們的動靜了，主人怎麼樣了？》

勾陣扭頭看看對屋。

昌浩、螢和昌親正跑向圍牆。昌浩斜背著裝滿衣服的布包，把布的兩端綁在胸前。穿過樹叢的螢，蹬牆往上跳。勾陣抓住她的手，把她拉上去，她就順勢跳到了牆外。

昌浩要跟在她後面跳上去時，腳好像被什麼絆住似的，突然停下來了。

「昌浩？」

他回頭看著疑惑的昌親，稍微動了動嘴巴，眼睛眨都沒眨一下。

那眼神好像想說什麼。

昌親心頭一驚，腦中浮現今天早上的情景。

於是他想起很重要的事還沒說。

「昌浩，大哥醒了。」

一直在想該怎麼措詞的昌浩，把眼睛張大到不能再大。

昌親看著弟弟激動的眼眸，點點頭說：「這都是螢的功勞，雖然還沒把疫鬼完全趕出去……」

不管怎麼樣，大哥總算清醒了，還用他向來的語調，說出了他平時會說的話。光是這樣，昌親就覺得很滿足了。

「哥哥……」

「嗯。」

昌親很後悔早上什麼都沒問就送他出門了。

後來的確想過，等他回家要仔細聽他說。

可是這裡並不是安倍家，昌浩也不是回家。

為什麼那時候不聽他說呢？

現在的昌親比當時更強烈、更深刻地這麼想，後悔不已。

不管任何事，沒有一件是可以往後延的。

很多事都非在某個時間點說不可，自己怎麼會忘了呢？

是不是怕又忘記，為了銘記在心，才這麼後悔？

弟弟被烙下了犯人的印記，被抓到就沒命了。為了避免他被抓，昌親必須在伸手不見五指的黑夜中送走他，讓他逃脫追捕。

昌浩的表情顯然是想說什麼，昌親決定這次一定要在送走他之前，聽他把話說完。

「什麼事？」

「我……我……」

「嗯。」

好無助的聲音。不知道是不是整理不出頭緒，昌浩動著嘴巴欲言又止。上面傳來緊張的聲音。

「腳步聲向這裡來了，昌浩，快點。」

昌浩抬頭看勾陣。她的表情急促。沒有時間了。

他不由得轉身抓住哥哥的袖子，擠出話來。

「我……我的膝蓋和大腿……一直很痛……」

在圍牆上看著兩人的勾陣，赫然屏住了氣息。

昌親目瞪口呆，昌浩抓著他的袖子，拚命想著該怎麼說。

「很痛……一直很痛……小怪他們說……是成長痛……」

有生以來第一次經歷這種疼痛。

所以他一直很想問成親和昌親有沒有痛過？要怎麼熬過去？

然後，他還想說：

我會不會長得跟哥哥們一樣高呢？

若不是發生那種事，昌浩早就跟他們說了。他會抓住老是在陰陽寮被曆生追著跑的大哥，或是去找在天文部工作的二哥，告訴他們這件事。

那是非常、非常微不足道，卻也非常、非常重要的事。

「是嗎……」

低聲沉吟的昌親，放鬆緊繃的肩膀，平靜地笑著說：「太好了，昌浩。」

他知道弟弟一直很在意長不高這件事。他還清楚記得，只要稍微長高一點，弟弟就會開心得不得了。

昌浩抓著他的袖子，喉嚨顫抖得厲害。他摸摸昌浩的臉，點著頭說：「那麼，下次見面時，我們的視線高度就會更接近了。」

十分期待似的瞇起了眼睛的昌親說的話，讓昌浩屏住了氣息。

下次？短短兩個字，讓他痛徹心扉，因為他想這恐怕是最後一次了。

以犯人的身分逃出京城後，會怎麼樣呢？還可以再回來這裡嗎？除非洗清嫌疑，否則是回不來了。那麼，要怎麼洗清呢？

她是最美麗的人間凶器，
也是最致命的愛情陷阱！

**連環殺人、靈異……一部最獨特的「鬼」推理小說！**

# 見鬼的愛情

**雷鈞**—著

第三屆【島田莊司推理小說獎】決選入圍作品

身為法醫，楊恪平應該早已對死亡視若平常，但一連串變態殺人案陸續發生，每個女性被害者的死狀一個比一個悽慘，讓他感到莫名的恐懼。正當調查陷入困境，楊恪平巧遇了一名有些眼熟的女人。第一次見面，那女人就緊盯著他說：「在你身上，有不乾淨的東西。」決心釐清真相的楊恪平與她約在「竹語山莊」碰面，豈料人們一聽見這個地方便臉色遽變……

**超新型「綁架」犯罪！一部超乎想像的商戰推理小說！**

# 逆向誘拐

**文善**—著

第三屆【島田莊司推理小說獎】決選入圍作品

植嶝仁從來沒想過，身為跨國投資銀行的一個小小電腦工程師，竟然也會有被捲進重大事件的一天！一開始只是有同事前來請他幫忙還原網路上丟失的資料，豈料不久之後就有人發出勒索電郵，要求銀行付出十萬美金，否則一份攸關公司信用的重要資料就會被公諸於世，造成難以估計的損失！而其中最關鍵的，那封電郵竟然是從植嶝仁的手機發出去的……

昌浩的心就像藍色夜幕低垂的這個世界，被封鎖在看不見未來的黑暗中。束手無策。沒辦法振奮起來。至今以來遇過種種困難，嘗盡千辛萬苦，卻從來沒有被逼到這樣的困境。

昌親把昌浩的身體轉過去，從背後推了他一把。

「你什麼都不用擔心，交給我吧。」

昌浩扭頭往後看著他，他把雙手插入昌浩腋下，用力把昌浩抱起來。

「勾陣……拜託妳了。」

勾陣配合他，把昌浩拉起來。就在重量離手時，昌親不禁感嘆，下次見面時大概就不能這樣把他抱起來了。

以前的他還那麼輕，現在卻已經長大到出現成長痛的症狀了。剛才不使出渾身力量，還真抱不起他呢。

可是，長大後的他一點都沒變，還是會想把這種事告訴哥哥們。

「昌親哥哥！」

手被勾陣抓住的昌浩，難分難捨地呼喚著。

昌親邊舉手回應他，邊向勾陣使眼色。神將點點頭，帶著昌浩跳到牆外。

牆外響起車輪的聲音。從外面的動靜，可以知道車簾啪唦掀起，車子起跑了。

昌親閉上了眼睛。啊，那是妖車，原來它停在牆外。

車子漸行漸遠的聲音，聽起來特別響亮。

站在東對屋的外廊上看著兩兄弟的篤子，聽到逐漸靠近的狂亂腳步聲，皺起了眉頭。

強悍的檢非違使率領幾名衛兵，跟在帶路的總管身後，大搖大擺地走在渡殿上。

「他們應該知道這裡是參議為則的府邸吧？」

她喃喃唸著，走進對屋，在竹簾後面坐下來。

沒多久，檢非違使們來了，在竹簾前的外廊單腳屈膝跪下來。點燃的燈台火光，把篤子的影子清楚照映在竹簾上。

檢非違使疾言厲色地說：「我們接到通報，說犯人進入了貴府。請問參議千金，有沒有這回事？」

管家把耳朵湊近竹簾。有身分地位的貴族千金，不會直接跟成年男子說話。通常要透過侍女，把千金的話傳達給第三者。但是，不知道是侍女們都嚇跑了，還是總管的意思，現在沒有侍女陪在身旁。

篤子堅持說她什麼也不知道。

一個衛兵看到站在庭院的昌親，厲聲詢問：「那個人是誰？」

昌親走回對屋，默默看著檢非違使們。在懸掛燈籠的照射下，有人認出了那張臉，在檢非違使耳邊竊竊私語，檢非違使叫出聲來。

「安倍家的……?!」

目光嚴厲的檢非違使，以脅迫的語氣逼問：「你在庭院做什麼？」

檢非違使的眼睛斜睨著樹叢，懷疑是不是有人躲在那後面。

兩名衛兵循著他的視線，衝下階梯做確認。粗暴地撥開樹叢的衛兵，確定沒有人後，不甘心地咂咂舌。

檢非違使從他們的表情，看出自己的猜測錯誤，忍不住焦躁地低吼：「我問你在那裡做什麼！」

昌親面不改色地望向樹叢。

忽然，他想起蹬壁躍起，跳到圍牆上的水干裝扮的女孩。

「我看到非季節性的螢火蟲，去追它們了。」

「螢火蟲？」

檢非違使不由得複誦他的話，後面的衛兵們也面面相覷。

現在是冬天。屬於夏天的螢火蟲，不可能在這種時候出現。

「你在胡說什麼……」低聲怒罵的檢非違使站起來說：「勸妳最好不要藏匿犯人，這是聖旨，不管妳是不是參議大人的千金，都不可以抗旨。」

坐在竹簾後面的千金，從容自若，凝然不動。

這樣的她突然欠身而起。

有些腳步聲往東北對屋去了。

昌親慌忙轉移視線，看到有侍女拿著蠟燭替衛兵們帶路，神色驚慌。

衛兵們在渡殿盡頭停下來，侍女走進了對屋。沒多久，在單衣上披著外褂的兩個孩子出來了。還聽到嚶嚶啜泣聲，是睡著的小千金被吵醒了。

這種時候，昌親心裡想的卻是幸好現在騰蛇不在這裡。

不知道被衛兵說了什麼的侍女，跟孩子們一起被帶來了東對屋。

竹簾後的篤子屏住了氣息。

被帶到檢非違使前面的國成，把嘴巴緊閉成一直線，用力握著還半睡半醒的忠基的手。

## 5

與國成視線交接的檢非違使低聲問他們：「有沒有平常很少來的客人在你家？」

邊說還邊狠狠瞪著他們，企圖嚇唬他們，逼他們說出實話。

忠基嚇得快哭出來了，國成用力握住他的手，猛搖著頭。

「真的嗎？說謊的話，會遭天譴喔，神什麼都知道。」

「只有叔叔來。」

國成看昌親一眼，用生硬的聲音回答。

昌親看到他露出衣服下襬的小腳抖個不停，那絕對不是天氣太冷的關係。

「小朋友，我再問一次。不可以說謊喔，要誠實回答。說謊的話，神會生氣喔。」

國成把臉皺成了一團。檢非違使的眼睛閃過亮光。

「除了那個男人外，還有沒有其他客人？」

另外一隻手緊緊握起拳頭的國成，緩緩開口說：「沒有人來……」

「沒說謊？」

「沒有人來。」

孩子的回答很堅定，威脅恐嚇的檢非違使雖不甘心，似乎也相信了。

「對不起，這麼晚來打攪。如果犯人出現，請務必通報官府。」

檢非違使交代總管後，怒氣沖沖地撤退。總管向昌親行個禮，也跟著離開了。

紛擾的氣氛一消失，篤子就從竹簾後面衝出來。

「國成、忠基！」

緊緊抱住兩個兒子的篤子，顫抖地喘著氣。

「國成……！很好……很好……你做得很好！神一定會原諒你今天說的謊！」

精神一放鬆，國成就抽抽噎噎地哭起來，搖著小小的腦袋說：「不……母親，我沒有說謊。」

「咦？」

怎麼說呢？

國成用含淚的聲音，對大感意外盯著自己看的母親說：「父親說過……說謊跟隨機應變不一樣。我是隨機應變……不是說謊……不會遭天譴。」

好不容易說完了，國成用力吸口氣，抓著母親大哭起來。

「嗚……嗚咽咽咽……」

忍耐至今的寂寞，跟唏哩嘩啦流出來的淚水一起湧上來。

——好兒子，你不可以說謊，但是為了某個人好，沒有說出真話，就不是說謊，而是隨機應變。所以，在萬不得已的時候，隨機應變也是必要的。爸爸不准你說謊，可是准你隨機應變。

這是某天父親半開玩笑說的話。年幼的孩子面對檢非違使的威脅時，卻毫不屈服，毅然決然實踐了父親的話。

題外話，當時成親被篤子狠狠訓了一頓，說他怎麼可以教兒子這種不正經的事。

忠基看到哥哥哭也跟著哭了，篤子只能緊緊、緊緊抱住兩個抽泣的兒子。

「大哥……」昌親全身虛脫，不由得癱坐下來。

還以為這次躲不掉了，沒想到人不在的成親，又在緊要關頭漂亮地救了小弟一命。

昌親單手掩著臉，覺得很想哭又很想笑，無奈地浮現苦笑般的表情。

這輩子不管怎麼努力，還是超越不了大哥——

◇ ◇ ◇

青白鬼火纏繞的妖車疾馳而去。

在車之輔的車子裡，昌浩等人抓著木柱穩住身體，從前簾縫隙偷窺外面的狀況。

主要大路、小路都散佈著高舉火把的檢非違使和衛兵們。路面較寬的路，兩邊都站著衛兵，路的交叉處也編派了不少人。

車之輔奔馳時盡可能不發出聲音，但可能是太急躁，比平常搖晃。

小怪站在車篷上，監視後面。在京城四周築起無形牆壁的術士，很可能用什麼手法對付他們，最好是隨時戒備。

昌浩和螢都緘默無言。在沒有燈光的車內，連彼此的臉都看不見。

十二神將勾陣隱形了，盡可能地抑制神氣。

在車之輔的妖氣中徹底隱藏神氣，說不定可以越過牆壁。小怪和勾陣都這麼冀望。雖然不確定，但值得一試。

沒多久，車篷上的小怪聽到車之輔的聲音。

《式神大人、式神大人……》

「怎麼了？」

小怪邊仔細觀察四周邊回應，車之輔有點緊張地說：

《在下覺得這樣下去不行。式神大人……還有勾陣大人的神氣，都沒辦法完全隱藏！》

臉色陰沉的小怪皺起眉頭，甩了一下白色尾巴。

十二神將最強與第二強的鬥將的神氣，這次成了大麻煩。

小怪咂咂舌，低聲咒罵。

「可惡……」

昨天螢用法術治好了它的喉嚨，這是不幸中之大幸。要不然，即使變成小怪的模樣，也一定會因為神氣外溢，出不了京城。

「要想想辦法……」

高舉著火把的衛兵們，沒有發現妖車。嘎啦嘎啦響的車輪聲，也只有擁有靈視能力的人才聽得見。

跑得比平常快很多的車之輔，沉默半晌後，抱定必死的決心說：

《式神大人，在下有個辦法。》

「什麼辦法？」

《不知道行不行得通……》

「沒關係，你說說看。」

《是，呃……》

出乎意料的小怪張大了眼睛。

低聲沉吟後，它把這個辦法告訴車裡的同袍。

《喂，勾陣。》

《什麼事？》

隱形的勾陣聽完小怪的提案，也露出驚訝的神色。

《原來如此——》

取得她的同意後，小怪出聲叫喚兩人。

「昌浩、螢。」

車裡的兩人默默抬頭望向車篷，耳邊響起小怪急迫的聲音。

「從現在起，不管發生什麼事都不要驚慌。」

昌浩眨眨眼睛，心想他們到底要做什麼？

小怪環視周遭，確認目前的位置。這裡是左京，過五条了，還沒到六条。部署的衛兵好像少了一些，這應該不是錯覺，大部分的衛兵都被派到環繞京城的城牆邊和大門前後了。

小怪尾巴一甩，對車之輔說：

「好，車之輔，做吧！」

《是！》

車之輔收到號令，雙眉挺然往上揚。

抓著車上木柱的螢，倒抽了一口氣。

「它要做什麼……?!」

妖車的妖氣突然高漲起來，一直漲到了最高點。可能是用力過度，車體到處都發出異常的傾軋聲。

「車之輔?!」

瞪大眼睛的昌浩，從前後車簾的縫隙看到了青白色的火光。

打開車窗一看，車體都被不斷冒出來的青白鬼火包住了。

轉動的輪子、車軛、車轅的火焰碎片，像冒汗般四處飛濺。迎風飛揚的車簾也拖著長長的火焰尾巴，在黑暗中碎成點點火花。

車之輔徹底釋放的妖氣，把十二神將勾陣的神氣完全包覆吞噬了。

《式神大人，成功了！》

「幹得好，車之輔！」

大方給予讚賞的小怪，其實也發現了新的問題。在車內的勾陣也一樣。

妖氣隱藏了車內所有人的身影，但因為妖力釋放到極限，所以連沒有靈視能力的一般人，都可以清楚看見妖車。

衛兵們聽到突然響起的車輪聲，都轉頭望向聲音來源，看到被青白鬼火包住的疾馳

的牛車，引發了大騷動。

「那是什麼?!」

「怪物……！」

「是妖怪，是妖車！」

衛兵們嚇得大呼小叫，全身發抖。車之輔沒理他們，拚命往前跑。

愣住的螢，突然想到什麼，臉色驟變。

她把頭探出車窗外，大聲叫著：「快停下來，車之輔！你想死嗎？」

這句話把昌浩嚇得目瞪口呆。

螢砰砰敲著車壁，加強語氣說：「快收起你的妖氣！要不然……」

這樣繼續釋放妖氣，不久就會筋疲力盡。當妖氣用罄時，車之輔本身搞不好會消失。

「妖怪用盡力氣也會死！快停下來……！」

可是車之輔咬緊牙關奔馳，不聽她的話。

《不行！在下是主人唯一的式！只愛自己不救主人的式，有什麼價值呢！》

從螢旁邊探出頭來的昌浩，把手伸向轉動的輪子，試圖讓車子停下來。

指尖碰到了青白鬼火。一點也不燙的妖氣火焰，包住昌浩的手，把他的手拉開了。

「車之輔，不要衝動！我不會有事，我會想出辦法，你快停下來！」

昌浩抓著窗框吶喊，車之輔聽到很開心，興奮地說：

《主人……在下有這句話就夠了！請放心，在下一定會讓主人平安逃走！》

絕對不會讓檢非違使或衛兵們抓到主人。

主人總有一天會超越那個大陰陽師。這種時候，怎麼可以讓那些搞不清楚狀況的檢非違使隨便碰他呢。

既然待在京城有危險，那麼，就要逃得愈遠愈好。

於是，車之輔懇求螢說：

《螢小姐……在下有件事想拜託妳……螢小姐，妳很善良，在下對妳非常傾慕……可是……》

昌浩聽不見它說的話。就是因為昌浩聽不見，它才跟螢說。

「車之輔……」

妖車的話突然中斷了，螢清楚感覺到它話中深處的堅決意志。默默抓著窗框的螢，聽著沒有聲音的聲音平靜地傳來。

《如果主人身旁沒有任何人，在下也會希望螢小姐成為主人的支柱，說不定還會跪下來請求螢小姐。》

輪輻嘎吱嘎吱作響。可能是無法承受轉動的速度，或是使力過度，產生了龜裂。

好痛。車體彷彿就要四分五裂了。

車輪輾過路上的小石子。

《唔……》

車體彈跳起來，裡面的昌浩等人都東倒西歪。

好痛。好痛。好痛。

《……唔……！》

再痛，車之輔也不停下來。

傍晚前，去參議府邸時，車之輔聽昌親說了螢來京城的目的。又從小怪那裡聽說，昌浩在皇宮陷入困境時，是她衝出去救了昌浩。

螢接住飄落的雪花時平靜而清澈的側臉、從她指間滴落的紅色液體，在車之輔眼中歷歷浮現。

——我也有過式……

螢的身手不凡，一定幫得了昌浩，沒有人比她更值得託付了。

但不能那麼做。

《如果只有螢小姐的話，在下一定會……》

青白鬼火燃燒得更熾烈了。

螢猝然瞇起眼睛，嘴唇微微動著。

勾陣看著她的嘴形，確定她是喃喃說著「你好傻」。

除了螢，勾陣和小怪也都聽得見車之輔的真情吶喊。

昌浩從他們的表情看出車之輔正在說些什麼，焦躁地甩著頭說：

「你在說什麼啊？車之輔！」

為什麼自己連唯一一個式的聲音都聽不見？這件事讓他懊惱、焦躁、悲傷得不知如何是好。他搞不清楚湧上心頭的是什麼情緒，強烈的衝動讓他忍不住想大叫出來。

《主人、主人，在下真的、真的非常珍惜主人替在下取的名字車之輔。》

包住車體的鬼火飄搖不定，簾子後面拖曳的尾巴愈來愈短。

在車篷上，被鬼火包覆的小怪喃喃說著：「那時我倒覺得他取得太隨便呢……」

衛兵們驚慌失色地大吼大叫的模樣映入它眼中。

有人想逃走；有人指著這裡大叫；有人拿著槍戟追上來。

微微響起馬蹄聲，是檢非違使接到通報趕來了。

火把的亮光逐漸增加，衛兵的人數也跟著增多。來到不知名的小路與寬敞的朱雀大路的交叉路口時，車之輔大轉彎直直往南奔馳。

路上到處都是檢非違使。他們也都嚇得驚慌失色，但很快就回過神來，邊叫喊邊追上來。

鬼火的氣勢稍微減弱了，但車之輔還是卯起來全力奔馳。

這裡離羅城門不遠，鑽過那道門，就可以越過包圍京城的無形牆壁、越過阻礙神將們的牆壁。

出了牆外，有小怪和勾陣，他們是安倍晴明手下最強的兩名式神。沒什麼好擔心的。少了只會奔馳的妖車，主人也不會有事。

「車之輔！」

昌浩哀號般叫喚，車之輔開心地瞇起眼睛說：

《承蒙主人收為式後，像這樣載著主人跑是在下無上的喜悅。主人指定在下在戻橋下待命，也是在下最大的驕傲。》

一条戻橋與那個大陰陽師有很深的因緣，對區區一隻妖怪，而且還是隻牛車妖來說，這是極高的榮耀。

車速慢慢、慢慢地減緩，而覆蓋車體的鬼火相對增強了一些，因為妖車把大部分的力量用來隱藏神將的神氣。

小怪扭頭往後看。

京城的正門羅城門聳立在遙遠的黑暗中。紅紅燃燒的篝火，放置在門的兩側。檢非違使與衛兵的人數很多。可能是認為犯人不至於大膽到直接從大門衝出去，所以門那邊只依據門的大小、寬度配置人手。

車之輔釋放的妖氣動盪搖晃，車軸傾軋作響，車體傾斜到快翻倒了。

「車之輔！」

聽到昌浩抽搐般的叫聲，車之輔拚命穩住傾斜的車身。

《啊，主人，對不起，晃得這麼厲害。請再忍耐一下，闖過門就行了……》

使勁奔馳的車子漸漸放慢速度，與追兵拉近了距離。

小怪警戒地瞇起眼睛。必要時，可以用神氣把他們吹走，只要不傷到人就行了。

正在測距離時，小怪看到拿著火把追上來的衛兵周圍，有什麼東西蠢蠢鑽動，疑惑地皺起眉頭。

「那是……？」

追捕妖車的衛兵們，起初沒發現有東西在腳下跳躍。

火把被風吹得轟轟作響。

某種刺耳的微弱聲響與那個聲音交疊。

有衛兵反射性地往腳下望去，不由得倒抽了一口氣。

在追緝犯人的他們的兩旁，有無數的黑影以相同的速度跟著他們前進。他們轉動眼珠子瞄了一眼，那些黑影就同時跳了起來。

「嘿──唷！」

是數十隻，不，數百隻，說不定多達上千隻的小妖。這些大大小小的妖怪，從左右、四面八方源源不絕地湧上來，砰砰彈跳、翻轉、騰躍、飛奔。不知不覺中它們包圍了妖車，以同樣速度開始奔跑。

脆弱的小妖們團結起來，妖氣也十分強大。沒多久，小妖們的妖氣就完全包覆了逐漸虛弱的車之輔。

熟識的付喪神鏡子大叔，飛跳到看傻眼的小怪旁邊。

「好久不見了，式神。」

小怪瞪著意氣風發地舉起一隻手打招呼的付喪神。

「你們是在湊什麼熱鬧？小妖們。」

付喪大叔發出咻咻咻的奇怪笑聲。

「聽我娓娓道來，還不如用看的，看吧。」

殘缺的鏡子亮光一閃，鏡面就暗了下來。

小怪瞇眼一看，認出那是黑夜的畫面。

檢非違使和衛兵們緊繃著臉，在黑暗中奔馳。只能從鏡子看到他們的嘴巴說著什麼，但聽不到聲音。不過，從他們的動作，可以推測他們是在追緝重罪犯人安倍直丁。黑暗中有黑影看著快步行進的衛兵們。那些黑影聚集起來，彼此交談後，倏地消失在黑暗裡。

鏡子換了一個畫面。一隻小妖衝向如常聚在一起的小妖們，慌慌張張地向它們說了些什麼，它們聽完後臉部扭曲，嚇得飛跳起來，然後所有小妖一哄而散。

接著鏡子同時出現四個畫面。

剛才散去的小妖們，又跑去找其他夥伴，比手畫腳地說了些什麼。聽完的夥伴們也跳起來立刻散去。

這樣的畫面重複好幾次後，一個消息就像漣漪般，在京城所有小妖之間傳開了。

小妖們究竟說了什麼？

小怪從它們的嘴型猜出了大概。

不得了啦，陰陽寮發生了大事。聽說昌浩殺了某貴族，遭逮捕後逃走了。被抓到的話，會被當場處決。

那小子怎麼可能殺人呢？丟下他不管，他會被殺了，我們必須想辦法救他——

「……」

付喪大叔對啞然失言的小怪抿嘴一笑說：「怎麼樣？式神，你欠我一次人情喔。」

小怪半瞇起眼睛瞪著鏡妖，無可奈何地嘆了一口氣。

很不甘心，但這次只能全面投降了。

在這種窮途末路的關頭，它們的確幫了大忙。不過，它們的做法未免太荒唐，讓人不敢領教，很難心平氣和地感謝它們的協助。

「喔……」

小怪甩甩尾巴，一副不以為然的樣子，心想這種戰略還真是只有小妖才做得到。

「就跟你們說聲謝謝吧。」

大叔嘟起嘴說：「什麼嘛，你這傢伙真不值得幫，算了。」

付喪大叔在車篷上輕輕跺個腳，露出鬼黠的笑容。「少了遊玩的對象多無趣啊，以後也別讓我們太無聊喔。」

小怪根本懶得回應它。

被小妖包圍的妖車，在它們的妖氣的支撐下，勉強恢復了力量。車之輔釋放出來的鬼火又熊熊燃燒起來。

看到被青白火光照亮的小妖們，衛兵嚇得大叫起來。

「是百鬼夜行……！」

小妖們吱吱喳喳的歡呼聲，掩蓋了車輪的嘎啦嘎啦聲，也吞噬了衛兵們的驚叫聲。

臉色發白的檢非違使們，不由得騎著馬向後退。這是與犯下重罪的犯人相關的不祥事件嗎？碰到這麼多妖怪，很難不沾惹到晦氣。

「快……快去請陰陽師……」

有人這麼嚷嚷，接著就響起了此起彼落的慘叫聲。

「快去請陰陽師、去請陰陽師啊！」

「快派個人去陰陽寮，快啊……！」

「要趕快除穢淨身！」

「快請陰陽師來淨化碰到百鬼夜行的身軀……！」

有不少衛兵根本不等陰陽師來，丟下手中的火把，就連滾帶爬地逃走了。

形成百鬼夜行的小妖們，嘻嘻哈哈地喧鬧起來，像是在嘲笑他們。

羅城門就快到了。

車之輔使出最後的力量往那裡衝刺，圍繞著它的小妖們也像隨從般跟著它跑。

篝火被風吹倒，紅紅的火焰濺起火花，轉眼間就消散了。

這是個沒有月亮的夜晚，篝火和那麼多的火把又在不覺中一一熄滅，視野被沉沉的黑暗覆蓋。

吱吱喳喳的尖銳歡呼聲，在京城的夜裡迴盪。被妖氣蠱惑的檢非違使和衛兵們，滿耳都是尖銳的歡呼聲。

從車窗啞然看著這光景的昌浩，茫然地嘟囔著：「你們……」

小妖們發現他，啊地張大眼睛，開心地齊聲大叫：「晴明的孫子！」

昌浩反射性地發出怒吼：「不要叫我孫子——！」

連這句話都被百鬼夜行的歡呼聲完全吞沒了。

妖怪奔馳著。

在看不見前方的黑暗中。

被青白鬼火照亮的小妖們不停地奔馳著。

# 6

確定安全越過了看不見的牆壁，小妖們就一隻一隻散去了。幾隻熟識的小妖留到最後才走，它們跟待在伊勢的猿鬼們感情特別好。

「加油喔！」

送走揮手道別的小妖們，妖車繼續往南走。

沒多久，到巨椋池附近，筋疲力盡的車之輔就慢慢停下來了。

昌浩從車子跳下來，鑽過車轅繞到車之輔的鬼臉前。

「車之輔，你這個傻瓜！」昌浩抱住疲乏的鬼臉，低聲叫嚷：「對不起……讓你這樣硬撐……我還聽不見你的聲音……」

車輻、車輪都出現了無數的裂痕。車軸快歪了，支撐車體重量的輪子也快傾斜了。

即使變成這樣，車之輔還是沒停下來。

麻煩了這麼多人，在這麼多人的協助下，總算活下來了。

然而，還是解決不了事情。不能回京城，也不能洗清犯人的污名。

昌浩的頭腦一片混亂，思緒像漩渦般轉個不停。他知道自己必須振作起來，但發生

太多事，沒辦法整理出個頭緒。

冰冷的風吻過頸子。那是滑過水池表面，飽含水氣的風。

昌浩緩緩仰起臉，望著潺潺作響的水面。

他對自己施加了暗視術，所以夜間也看得很清楚。

螢佇立在池邊。背對著他的身影，與某天的夢境交疊。

那個夢就是暗示著這個光景嗎？那麼，當時的淚水意味著什麼？

陰陽師的夢都有意義，但不到那時候，就很難解讀。

昌浩深深嘆口氣，彷彿吐光了肺裡的空氣。烏紗帽和直衣都莫名地沉重，他很想換上篤子給他的衣服。

「車之輔。」他輕輕拍打輪子，望著來時路說：「你在這裡休息，等恢復了體力就回京城。」

牛車跳了起來。螢被劇烈的嘎噠聲嚇到，扭頭望向它。

車之輔搖著頭表示不想回去，昌浩冷靜地對它說：「我希望你回到戾橋下，在哥哥們有需要時，協助他們。」

這趟旅程前途未卜，不能帶著遍體鱗傷的妖車同行。

他閉一下眼睛，思索措詞。

「還有……在那裡等著我回去。」

鬼的雙眸激烈地動盪著。眼睛眨都沒眨一下，大滴淚珠就撲簌落下來了。

昌浩笑著對它說：「等解決所有事，洗清嫌疑，我就會回去。再說，接下來必須翻山越嶺，對你來說有點困難。」

車之輔還是堅持不肯點頭答應。

昌浩板起臉說：「回去，這是命令，是我的式就聽我的話。」

樣貌兇惡的鬼臉扭曲成一團，活像個小癟三。

《主人說的話好殘酷……！》

既然主人說式必須聽從命令，那麼，它只能聽從了。不聽從的話，不就等於失去式的資格了？

《嗚……嗚嗚……》

昌浩拍拍抽噎啜泣的車之輔，然後閉上眼睛結刀印。

「華表柱念……」清冽的靈氣包住了車之輔。它強忍著疼痛，邊哭邊看著昌浩。

昌浩張開了眼睛。

「再過一會兒，你就可以動了……請幫我轉告哥哥們，我沒事。」

他又拍一下車之輔，扭頭望向其他地方。

眼前是漫無邊際的黑暗。巨椋池的水面掀起漣漪，迤邐不絕。他們要繞過這個水池，走向吉野。

參議家的山莊位置，昌浩只有模糊的記憶，到附近應該就找得到了。

好遠。現在離京城愈遠愈安全。為了以後平安回家，也必須這麼做。

「拜託你了，車之輔，這件事只能拜託你了。」

妖車抹去淚水，挺直傾斜的車體。

《請千萬保重。》

說完後，車之輔轉向了小怪與勾陣。

《式神大人，我想跟你們談談……》

小怪動動耳朵靠過來，車之輔壓低嗓門說：

《老實說，我有點擔心螢小姐……》

「螢？」

車之輔對皺起眉頭的小怪上下輕晃車轅。

《是的，呃，她……》

不時偷瞄著螢的車之輔，用只有小怪聽得見的聲音接著說：

《就是那位螢小姐……我覺得她的身體好像不太好。》

在堀川河邊，雪花飛舞的傍晚時刻，螢痛苦地咳出血的模樣，閃過車之輔的腦海。

「什麼？」

小怪也驚訝得啞然失言，不由得轉頭望向螢。

昌浩走近螢，正在跟她說話，大概是問她接下來打算怎麼做。

她的臉也被皇宮裡的官吏們看見了，檢非違使們應該也把她當成了「穿著水干服的共犯」。她回京城的確會有危險，但也未必非與昌浩同行不可。

與昌浩共同行動，對她來說還是很危險。昌浩的想法是，從現在開始個別行動，也許對彼此都好。

螢搖搖頭，說了些什麼，昌浩顯得很困惑。從小怪這裡聽不見他們的談話。小怪不知道他們在說什麼，據它猜測，應該是螢說要一起走，昌浩反駁她說這樣太危險。

螢的臉色十分蒼白，白到在黑暗中都清楚可見。很難相信她跟昌浩同年紀，她的身體消瘦，手臂、手指也很細，有時會給人弱不禁風的感覺。

車之輔還想接著說什麼。

《她不准我說這件事，其實……》

欠身向前的小怪，疑惑地看著突然打住的車之輔。

「車之輔？」

《啊，沒有啦，就是……》

妖車開始冒起冷汗，詫異的小怪循著鬼臉的視線望過去。

站在巨椋池旁的螢，緊盯著車之輔。從散漫下垂的袖子，露出食指與中指的指尖。

她在袖子裡結起了手印。

車之輔看到她動了一下手指，嚇得跳起來。

「車之輔？」

《啊，呃……那個……這個……》

看到車之輔快哭出來的樣子，小怪知道它受到威脅，就甩甩尾巴說：「啊，我大概知道了，不用勉強說。」

《對、對不起……！》

螢既然會威脅車之輔，可見它說的話是真的。

合抱雙臂站在小怪稍後方的勾陣，發現螢正盯著車之輔，溫柔地笑著，妖車卻顯得驚慌失措，車體傾軋作響。勾陣懷疑地瞇起眼睛。

說是威脅嘛，看起來又不是很認真，只是要車之輔保守秘密而已。

在她旁邊訝異地看著車之輔的昌浩，垂頭喪氣地走過來。

「怎麼了？昌浩。」勾陣歪著頭問。

昌浩嘆口氣說：「螢說要跟我們一起走。有什麼萬一時，有她在的確如虎添翼，可是，我不太想把她牽扯進來……」

勾陣苦笑著說：「會不會太遲了？」

「說得也是。」

滿臉苦澀的昌浩，一把抓起小怪放在肩上，拍拍車之輔說：「那麼，車之輔……我們走了。」

妖車把嘴巴緊閉成一直線，默默地上下晃動車轅，因為它怕一開口就會再哭出來。

三人沿著巨椋池往前走，車之輔注視著他們的背影，直到再也看不見他們。

◇　◇　◇

陰陽寮裡所有還可以走動的人，應檢非違使們的要求，來到羅城門周邊時，已經是亥時了。

最優秀的陰陽生藤原敏次，對周邊殘餘的妖氣大感驚訝。

「沒想到在打雷之後，又出現了百鬼夜行……」

這麼喃喃自語的敏次，斷斷續續聽見衛兵們交頭接耳的談話。

「犯人……」

「……居然被他逃跑，太丟臉了……」

「應該還在京城某處……」

敏次眉頭深鎖，發現自己下意識地握緊了拳頭，趕緊鬆開。

傍晚發生的慘劇，由於被當成犯人的直丁逃跑，無從知道事情經過。在典藥寮由藥師細心看護的藤原公任還沒醒過來，徘徊於生死邊緣。

最糟糕的不是傷口的深度，而是出血過多。血液不足，人就會死。

敏次想起書庫裡那攤血的範圍之大，不由得吞口唾沫，感覺有東西從胃裡湧上來。

他還記得，打開木門的瞬間，有股鐵腥味衝鼻而來。後輩的手中滑落短刀，他看著倒在地上的公任，表情一片茫然，不像是有意要掩飾自己的犯行。

羅城門周邊的衛兵們高舉火把，火焰拖著長長的尾巴，在各個角落搖曳著。從陰陽寮派來的陰陽師們，正使用護符、幡帛旗進行驅邪淨化的儀式，並交代撞見妖怪、沾染晦氣的檢非違使和衛兵們拉弓鳴弦。沒多久，到處都響起鳴弦的聲音，飄蕩現場的妖氣很快就消散了。

「這樣就不必擔心了。」

焦躁不安明顯掛在臉上的檢非違使，對正在整理道具的敏次說：「陰陽師可以驅逐

妖怪，也可以召喚它們吧？」

「啊？」敏次不由得停下動作。

檢非違使斜睨著羅城門說：「譬如召喚妖怪，製造百鬼夜行……」

「陰陽師不會做那種事！」

敏次高聲駁斥，打斷檢非違使的話，迅速收拾好道具抱起來，默默行個禮便轉過身去，快步走向陰陽師們。

滿腔怒火在他胸口翻騰，他知道檢非違使是懷疑安倍直丁召喚妖怪，再趁亂逃走。

「真沒禮貌，把陰陽師當成了什麼嘛……」

跟他一起被派來的陰陽師們，也差不多完成任務了。幫他們把道具帶回陰陽寮，是陰陽生的工作。

檢非違使們會繼續執行搜索直丁的任務吧？

敏次希望他們不要再追捕後輩，但說不出口。

陰陽寮的人都知道，昌浩不可能做那種兇殘的事。他是那個大陰陽師的孫子；他是陰陽博士的侄子；他是天文博士的兒子；他是曆博士與天文生的弟弟。

他沒道理殺害幾乎可以說是不認識的達官貴人。找不到那樣的理由。或者會不會只是大家不了解，其實他心中埋藏著什麼呢？

敏次甩甩頭，告訴自己不可能。

在傍晚的橙色光線中，昌浩被檢非違使包圍著往前走時，還極力替自己辯駁。

——不是我、不是我。

檢非違使的怒吼和周遭的嘈雜聲，淹沒了昌浩的吶喊，幾乎沒人聽見他喊冤的聲音。在那樣的混亂中，敏次也不是親耳聽見，但既然昌浩說不是他，敏次就相信不是他，沒有半點懷疑。

但事實真的是這樣嗎？可以憑直覺判斷嗎？是不是應該再深入調查呢？

敏次在混亂的思緒中煩惱著。

就是在那時候，雷電突然打下來。彷彿是上天為了救昌浩，揮下了光之劍，給人這樣的錯覺。

昌浩傻愣愣地站在趴倒在地的檢非違使中。

檢非違使們邊呻吟邊扭動著身體。他們要帶昌浩去的地方，就是處死刑的地方。

他們不給昌浩辯解或說明的機會，就要殺了他。

在那緊要關頭，敏次的嘴巴就不由自主地動了起來。

他只隱約記得，不知道為什麼胸口熱起來，視野變得朦朧，怎麼樣都控制不了自己的情緒。

是自己說的話，從背後推了昌浩一把，但他一點都不後悔。不過同時他也在想，這樣做真的對嗎？

從傍晚到現在，這樣的苦惱一直折磨著他的心。

深深嘆息的敏次，聽到急迫的馬蹄聲接近。衛兵一隻手拿著火把，騎著馬衝過來了。傳令兵在檢非違使前拉住馬，從馬上跳下來，單腳屈膝跪下來。

「稟報大人！直丁已經逃出京城，正往南走！」

現場一片嘩然。

滿臉驚愕的檢非違使逼近傳令兵說：「怎麼回事？誰說直丁已經逃出了京城?!」

陰陽寮的人也都張大了眼睛。

「稟報大人，這是占卜出安倍直丁會行兇的術士，又占卜出來的結果，皇上下旨立刻派兵追捕！」

傳令兵說完後，檢非違使們亂成一團，趕緊編派衛兵，騎馬出發。

「快，不能讓他逃了！」

追捕的人們陸續衝出羅城門。陰陽寮的人什麼也不能做，只能呆呆看著火把的火光逐漸遠去。

傳令兵正要騎馬回皇宮時，敏次跑過去找他。

「請等一下！」
「嗯？」
敏次用激動的語氣，向疑惑地轉向自己的傳令兵確認。
「你剛才是說占卜?!」
「是啊。」
被問得莫名其妙的傳令兵皺起了眉頭，敏次又接著說：「你是說……直丁行兇的事是占卜出來的結果?!」占卜還說他已經逃離京城，往南去了。
「這是誰占卜出來的？陰陽寮的人沒有做這樣的占卜，到底是誰……」
傳令兵似乎被敏次的氣勢壓倒了。
「詳細情形我也不知道，我只是奉旨來傳達命令而已。」
敏次聽到傳令兵這麼說，猛然回過神來，向他致歉。
「我實在太失禮了，對不起，請原諒我……」
傳令兵瞪敏次一眼，騎上馬，從朱雀大路往北揚長而去。
「敏次大人，我們走吧，還要向寮長報告這件事。」
在其中一名陰陽師的催促下，敏次點了點頭，私下的疑惑在他心中滋生。
占卜？誰做的占卜？應該與陰陽寮無關。藏人所陰陽師還在伊勢，除了他之外，有

誰可以這樣分毫不差地占卜出一件事？

「敏次大人，你的表情好嚴肅，怎麼了？」陰陽師問。

敏次思索措詞後回答說：「恕我孤陋寡聞，不知道晴明之外還有這麼厲害的術士，可以正確占卜出會在陰陽寮發生兇殺案，還可以斷定直丁已經逃離京城。」

陰陽寮的前輩似乎聽出敏次想說什麼了。「不要亂說話……我們回去吧。」

敏次閉上嘴巴，緊繃著臉，跟在前輩後面往前走。

忽然，他回頭望向羅城門。聽說百鬼夜行經過，現在卻風平浪靜，不留半點痕跡。

檢非違使問他是不是可以召喚妖怪？

當時他回答陰陽師不會做那種事，其實——

「當然可以召喚……」

所以他沒說不可以，只說不會。

陰陽師可以除魔、除妖，既然可以除，就表示可以召喚自如。對半吊子的術士來說或許很困難，但未必做不到。敏次知道幾個絕對可以做到的人。

被追捕的後輩能不能做得到，敏次不知道。能做到的話，也沒什麼好驚訝的。畢竟在他的成長過程中，有那麼多優秀的術士陪伴。如果還有靈視能力，就更有可能了。更何況，他的學習態度又踏實、認真。

敏次甩甩頭，低聲嘟囔著。

「……占卜……」

究竟是誰做了這樣的占卜，還稟報了當今皇上？

◇　◇　◇

過巨椋池沒多久，就進入了山路。

即使施行了暗視術，夜裡的山路還是很暗。

昌浩一行人默默走在樹林縫隙間綿延不斷的羊腸小徑上。坐在昌浩肩上的小怪動了動鼻子。

「有水的味道……我記得前面有座山谷。」

抹去額頭汗珠的昌浩，眨眨眼睛說：「小怪知道那地方啊？」

「不是很清楚，如果記錯了，別怪我。」

小怪怕記錯，先給自己找了台階下，勾陣對它說：「不，你說對了，再往前走沒多久，就會到樹林中斷處。」

很久以前，他們跟晴明來過。在當時的記憶中搜尋的勾陣，皺起了眉頭。

昌浩和螢都走了很久。從傍晚到現在，幾乎沒有喘息的時候。坐在參議家時，是最長的休息時間。

勾陣回頭看負責殿後的螢，眯起眼睛沉思。

螢雖然大氣也不喘一下，臉色卻蒼白得有點過分。車之輔說她的身體似乎不太好，這句話教人憂心。

忽然，螢掩住嘴巴，輕輕咳嗽起來。

「螢？」勾陣的胸口掠過莫名的寒意。

螢吐口氣，搖搖頭表示自己沒事。

「只是有點喘不過氣來。」

「是嗎？」

「嗯，走太久了，也許該休息了。」

她看起來沒什麼異樣，勾陣心想可能是自己想太多了。

「勾，怎麼了？」

被喚醒的勾陣，發現自己落後了一段距離，趕緊加快腳步趕上昌浩他們。

開始小跑步的螢，悄悄瞥了一眼左手的掌心。上面有看起來像是黑色污漬的斑點。

她咬住嘴唇，在經過的樹幹上摩擦掌心，抹去了污漬。

呼地喘口氣時，有聲音觸動了她的耳膜。

她回頭看，把手貼在耳朵邊，閉上眼睛仔細聽，是微弱的馬嘶聲。

「被發現了。」

他們逃離京城的事被發現了。怎麼會這樣呢？在百鬼夜行的掩護下，他們完全隱藏了身影和神將的神氣，檢非違使們不可能發現。

許許多多的猜測在腦中環繞。沒多久，她想到了一種可能性。

「……夕霧。」

她咬著嘴唇，轉過身去。

是占術？

「昌浩，追兵來了。」

螢的話把昌浩嚇得臉色發白。

「咦？怎麼會……」

「不知道，馬叫聲愈來愈近了。」

被她這麼一說，昌浩也豎起耳朵，聽到無數的腳步聲隨風飄來。定睛一看，樹林狹縫間搖曳著螢火蟲般的點點火光，那是檢非違使的火把。昌浩等人開始往前跑。

山路只有一條，這樣下去遲早會被追上。

「只好避開山路……」

環視周遭的昌浩這麼提議，但被小怪推翻了。

「不行，迷了路就回不來了。」

山路就是這樣，只要走偏了，即使是大白天也會發生山難。愈往裡走愈危險。想靠黑暗躲藏，也不能躲在看不見路的地方，否則很可能搞不清楚方向。

昌浩仰望天空。藍色天空有星星閃爍著，可以靠星星辨認方位。

「沒有其他路了，最好還是暫時躲起來。」

「可是……」

小怪與昌浩互不相讓。

勾陣和螢監視著後面狀況，思索著該怎麼辦。他們的目的不是要活抓昌浩，而是要將昌浩處以死刑。只要昌浩活著，他們就會繼續追。

把手指按在嘴上的勾陣，低聲沉吟。

「讓他們以為昌浩已經死亡就行了吧？」

「對哦，沒錯。」

螢立刻表示贊同，拍拍昌浩的背。

「幹嘛？」

「昌浩，把衣服脫下來。」

突如其來的話，把昌浩嚇得瞪大眼睛。

「什麼?!」

坐在肩上的小怪滿臉驚愕，注視著螢。一旁的勾陣露出恍然大悟的表情。

「啊，要這麼做？」

只有兩個女生知道彼此在說什麼。

「什麼啊……」

疑惑地皺起眉頭的小怪，眨眨眼睛，動動耳朵說：「啊，我知道了……」

小怪用尾巴拍拍昌浩的背，叫他往前跑。

「小怪？到底要幹嘛啦？」

「別問了，往前跑就是了……」

昌浩邊跑邊思考。剛才小怪說過，前面有座山谷，果然沒多久就到了樹林盡頭。路突然沒了，昌浩及時煞住，穩住腳，往後退了幾步。好險。

「唔哇……」

肩上的小怪拍拍篤子給的衣服布包，然後把前腳伸向昌浩胸前的布包結。

解開那個結，布包就掉下來了。在落地前，被勾陣接住。

遠方傳來叫喊聲。很多火把聚集起來，擴大了火焰照亮的範圍。在火焰的照亮下，可以看見檢非違使和衛兵們，但亮光還沒照到這裡。

「那邊有地方可以站。」

把身體探出崖邊的勾陣，俯瞰下面湍流，找到了目標。

「妳跟螢先下去。」

「知道了。」

檢非違使們的火光逐漸靠近。抱著螢的勾陣，在被他們發現前，從懸崖滑下去了。

這時候，昌浩再遲鈍也看出小怪他們要做什麼了。

他轉過身去，計算適當距離。

「最好被看見，對吧？」

「對，把他們引到最後防線，這樣比較有說服力。」

「嗯。」

腳步聲和吼叫聲逐漸逼近，舉著火把的衛兵叫得更大聲了。

昌浩往後退，小石頭從崖邊滾落下去。

這時他才發現，檢非違使們的吼叫聲中夾雜著水聲。山中還有不絕於耳的風聲、潺潺流水聲、草木的葉子摩擦聲、踩過枯葉和枯木的乾燥聲，在這之前他都沒聽見。

現在聽得見，證明自己已經冷靜下來了。

「小怪，我好像完全沒事了。」

這句話出乎小怪意料之外，它張大眼睛盯著昌浩的側面半晌後，帶著苦笑點點頭說：「好像是。」

馬叫聲和怒吼聲震響。

「安倍直丁！」

無數的衛兵拉弓射箭，耳朵附近掠過咻咻的風切聲，箭頭擦過袖子、肩頭、褲子。

小怪往昌浩肩膀踢了一腳。這是他們之間的信號，昌浩立刻轉身往下跳。

衛兵的叫聲層層迴盪，檢非違使高聲吶喊，拿著弓箭的衛兵衝過來，往昌浩的方向伸長了戴著手套的手。

火把的火光劇烈搖晃。

無路可逃的直丁，墜落深谷。

衛兵跑到崖邊用火把照亮谷底，在火光照亮的範圍內沒看到直丁的身影。

這時響起大型物體掉入水中的聲音。

「是河，快找路下去！」

檢非違使命令衛兵分成幾路搜索。

就在搜尋中，夜晚的黑暗漸漸淡去了。
沒多久，有衛兵通報找到通往下流的小路。
天快亮了，冰冷的藍染遍整個世界，是破曉時刻了。
檢非違使把大部分的衛兵都派去河川搜尋，與馬匹和剩下的幾名衛兵，仰望著天空逐漸翻白的模樣。
山頭開始泛紅，射出刺眼的光芒。
「天都亮了……」
這麼低聲嘟囔的檢非違使，聽到衛兵的叫聲。
「在河岸找到這個……！」
衛兵交出來的東西，是吸滿水變得沉甸甸的直衣和烏紗帽。
「只有這些？本人呢？」
衛兵說走下去沒多久，就看到河川有個深不見底的地方，大約水池那麼寬，流水被幾顆並列的岩石阻擋，從縫隙間像瀑布般噴出來。
「這些東西就卡在那些岩石上。」
水十分冰冷，沒有凍結簡直就是奇蹟。衛兵們是用樹枝，把漂浮在水面的烏紗帽勾過來的。

檢非違使查驗了直衣。用來扣住衣領的鈕釦和釦環都被扯斷，衣服破破爛爛。雖然溼透了難以辨識，但還是看得出來前身和右邊袖子都有黑色污漬。

沒錯，這就是安倍直丁穿的衣服。

檢非違使把衣服交給衛兵，環視周遭說：「就當作安倍直丁已經墜落山谷死了。」找不到遺體，就沒辦法把頭帶回去。不過，這件直衣和烏紗帽應該可以當成直丁死亡的證據。

「回京城。」

檢非違使騎上馬，踢一下馬腹，嘆了一口氣。

這樣皇上應該可以放心了吧？

天亮了，山鳥也醒了。

追捕犯人的衛兵們，在山鳥的啼叫聲中，隊伍整齊地返回京城。

# 7

過了午時，工作告一段落後，藤原敏次才聽說追捕犯人的檢非違使們回到京城了。

由於陰陽博士缺席，目前由陰陽助全權處理陰陽部的工作分配。不過，除非有什麼特殊狀況發生，否則工作都是固定的，所以官吏們都井然有序地做著該做的事。

上完課回到陰陽部的敏次，從陰陽師們的交談，聽到追捕犯人的檢非違使們已經回來，不由得插嘴問：「那麼，那個……」

敏次避開關鍵字，問得支支吾吾，陰陽師們也壓低嗓門回他說：「聽說……在山裡被逼到無路可逃，投河自殺了……」

敏次倒抽一口氣，張大了眼睛。其他官吏又接著說：「聽說沒找到屍體，只有破破爛爛的直衣、烏紗帽浮在水面上。」

說完後，每個人都愁眉苦臉地嘆起氣來。

「再怎麼樣，昌浩大人都不可能……」

「是啊……」

他們對在同部署工作的同僚都很了解。

目睹慘狀的當時，他們受到驚嚇，沒辦法冷靜思考。檢非違使就在那時候出現，高聲控訴罪狀，宣佈了聖旨。

他們只能呆呆看著昌浩被粗暴地逮捕。

「若不是打雷……」

有人喃喃說著。若不是發生那樣的天象異狀，就不會變成這樣吧？

「若不是發生那種事，他已經被斬首了……結果還是一樣。」

不同的只是沒有屍首。

所有人都沉下臉，望向沒有人的座位，那是直丁在部署最後面的位子。因為靠近出口，門經常開開關關，冬天特別冷。即便擺著火盆，也起不了多大作用。

他經常對著冰冷的手指吹氣，或是不斷摩擦雙手。雖然老是自言自語，但是是個老實、工作勤奮的男孩。

因為擔心自己的字不好看，寫字時總是很賣力。他們都清楚記得，他滿臉痛苦地動著筆，還不時嘆氣的模樣。

「他不是什麼壞人啊……」

有人冒出這句話，其他人都點頭贊同。

沒錯，他不該是這樣結束生命的人。

敏次垂下了頭。

「……」

啊，的確是這樣。

整個陰陽寮都籠罩在沉鬱的氛圍中。

工作結束的鐘聲響起，敏次立刻收拾道具、整理包袱，離開了皇宮。

他走的路跟平常不一樣，目的地不是自己家。有個怎麼也抹不去的疑問，他必須找到答案才能釋懷。他明白，這只是自己的私欲，但怎麼也沒辦法壓抑下來。

昌浩不是壞人，不該就這樣結束。若從此將他遺忘，恐怕日後會良心不安。

冬天的太陽比較早下山，夜幕很快覆蓋了整片天空。到達目的地時，天色已經全暗下來了。

侍女從已經點燃懸掛燈籠的渡殿，把他帶到了主屋。認識多年的管家出來迎接他，對他的突然來訪，沒有一絲絲的不悅。

管家看到敏次的表情就知道有事，立刻通報了主人。

敏次打開木門進去，就看藤原行成坐在墊子上迎接他，很放鬆的樣子。

「唷，敏次，歡迎你來。」

行成叫他坐下，他就在為他備好的墊子上坐下來。

他低著頭，不知道該怎麼開口才好，思索了好一會兒。

「你來是為了昌浩大人的事嗎？」

行成直搗核心，敏次驚訝地抬起頭。

「行成大人……」

敏次雙手霍然著地，懇求表情嚴肅的行成。

「我非常清楚，這不是我該插嘴的事，可是，我怎麼樣都無法理解……！」

伏地跪拜的敏次，肩膀劇烈顫動，可見他是多麼努力在壓抑情感。

敏次這麼激動的情感矛頭，是對準了這個國家的最高存在；也就是超越人類，幾乎等於神的天照後裔。對皇上抱持這樣的想法，是極其傲慢又大不敬的事，而敏次卻把這種理性的警告全拋到腦後了。

「沒錯，我的確不知道在書庫裡發生了什麼事，陰陽寮裡的人應該也都跟我一樣。我甚至還撞見昌浩大人跟公任大人在書庫前交談，這是不爭的事實。」

以精明能幹聞名的右大弁，默默聽著從小關照到大的年輕遠親的傾訴。

「可是，那個忠厚老實的直丁，怎麼可能會變成下詛咒的人呢？我無論如何都不能理解……！」

沒錯，只要身為陰陽師，就有可能受某貴族的委託下詛咒。敏次還沒有這樣的經驗，但也聽說過，有些官吏為了把政敵轟下台，會派使者摸黑去找實力堅強的陰陽師。敏次是陰陽生，還在學習當中。等他成為名副其實的陰陽師時，可能也會承接這種地下工作。

多數人會因為擁有強大的力量而變得更加脆弱，種種知識和教諭，就是為了規範人類的脆弱、鍛鍊人類的心性。

而安倍昌浩應該是從懂事前，就有過深切的體悟。

不管是任何人的委託，都不可以對將來可能成為國母的皇后下詛咒。

安倍家是皇上的臣子。既然效忠於高居萬民頂點的皇上，就不該把某些東西對準與皇家相關的人。

敏次的想法也許太過冠冕堂皇。自古以來，爭奪勢力的案例不勝枚舉，以咒術殲滅政敵的神秘傳說也時有所聞。但他還是覺得，那個安倍昌浩絕對不可能做出那種事。

「身為天上人的皇上，到底在想什麼，不是我這種卑微的地下人猜得到的。卻也因為這樣，我更好奇皇上為什麼會那麼想，我是不是很愚蠢？」

跪趴在地上的敏次，緊緊握起雙拳。

行成把憑几拉過來，靠著憑几嘆了一口氣；是很沉重的一口氣。

「行成大人……」敏次的語氣變了，不像剛才那樣激動得發抖，聽起來格外平靜。

「我要向您坦白，那時候……我叫昌浩趕快逃走。」

出乎意料的坦白，讓行成也倒抽了一口氣。

當時突然打雷，所有人都茫然失措，一個男孩呆呆佇立在人群中。那一幕深深烙印在敏次腦海，一直沒有消失。

「昌浩那樣被檢非違使帶走，就會立刻被斬首……我覺得那時候會打雷，很可能是神諭……」

依天子之意，男孩被判了死刑，上天的雷電卻對他伸出了援手。

對官吏來說，地上的天就是皇帝，絕對不能違抗天意。

那麼，天上之意——神意，究竟在哪裡？

「至今以來，我都深信統治國家的皇帝，是傳達天意、明辨是非的人。既然是我們草民擁戴的至高存在，就必須是這麼高潔的人……」

但是所有人都知道，皇帝絕對不是神，一樣是血肉之軀。也知道，他不可能完美。

皇上還很年輕，只比敏次多幾歲。

「可是，這麼重大的事，我實在……」

「敏次。」

沉默不語的行成，終於開了金口。

聲音不大，但光這句話，就有足夠的威嚴，可以讓敏次安靜下來。

「不要再說了……我了解你的心情。」

在行成的勸說下，敏次緩緩挺起了身體。他的臉色陰沉。心是身體的一部分，當心志消沉時，身體就會出現那樣的徵兆。

「老實說，我也不清楚事情為什麼會變成這樣。」

「咦？」

敏次瞠目結舌，行成沮喪地垂下肩膀說：「忘了是哪天，皇上看起來很煩惱。他很擔心皇后嚴重的病情，甚至跟我說了些毫無根據的傳言……」

「什麼傳言……？」

敏次詫異地眨著眼睛，行成目光犀利地看著他。

「他說，聽說是有人下了詛咒，皇后的病情才一直沒有起色。」

敏次也啞口無言。這麼可怕的傳言，是怎麼來的？

「好像只有後宮的一小部分人知道那個傳言，我曾經假裝不經意地詢問皇后身邊的侍女，她好像知道，但巧妙地搪塞過去了。」

那麼，所謂一小部分的人，就是皇后周邊的人吧？敏次吞口唾沫，做出這樣的推測。

行成淡淡地接著說：「後來，皇上召見了伊周大人。」

「皇后的哥哥？」

低聲確認的敏次，覺得呼吸有點困難，湧現難以言喻的不快感。

伊周是皇上與皇后的外戚，只是這樣的關係。四年前，伊周襲擊花山院，被逐出京城後，存在感逐漸淡薄。

深得皇上寵愛的皇后定子，失去了後盾，在後宮的權勢也大不如前。皇后生下的內親王，是皇上的第一個孩子，而後來的親王，是在期盼中誕生的男孩，若外戚擁有力量，就可以鞏固屹立不搖的地位，成為將來的皇上。

然而，現實是殘酷的。

皇后的兄弟引發事件失勢了，父親又早逝，她還落髮出家過，所以在後宮幾乎沒什麼立場。皇上的寵愛是她唯一的依靠。

敏次在記憶中搜索資料，他記得藤原伊周跟行成差不多年紀。他沒有見過身為殿上人的伊周，只能從他人的談話中推測這個人的為人。因為沒有接觸過，所以敏次對他既沒什麼興趣，也不討厭他，只覺得他運氣不好。

「我不知道他們兩人談了什麼，只聽說皇上後來再去看皇后時，顯得非常煎熬。」

定子身邊的侍女中，有人跟行成很熟。她說皇上的樣子讓人不敢靠近，臉色十分陰沉，她很擔心到底發生了什麼事。

聽說臥病在床的皇后，看到皇上那樣子，反而替他擔心，喘著氣說了一些安慰他的話。

敏次聽說這件事，有點心痛。當然，他也跟皇后沒什麼關係，只是皇后不顧自己身體的疼痛，反過來關心皇上，這樣的體貼感動了他的心。

行成憂慮地合抱雙臂說：「我從那邊的侍女聽說了奇怪的事。」

「奇怪的事？」

行成點點頭，壓低嗓門說：「聽說伊周大人的陰陽師做了占卜。」

敏次的胸口莫名地躍動起來。

占卜。陰陽師的占卜。

昨晚檢非違使不是也說了類似的話嗎？

「什麼樣的占卜？」

這麼詢問的敏次，覺得喉嚨發燙乾渴。行成聽到他嘶啞的聲音，注意到這件事，便拍手叫侍女進來，吩咐她準備飲料。

沒多久，侍女默默端著有腳的四方形托盤進來了，上面有茶碗和陶杯。她把東西放在行成前面，就行個禮出去了。
「敏次。」
行成把陶杯遞出去，被敏次婉拒了。
「不，我不喝酒……」
「哦，是嗎？」
行成苦笑，把茶碗遞給敏次。當他拿起托盤上的水瓶時，敏次趕緊把茶碗端上去。
水瓶裡裝的是水。行過元服禮，就可以喝酒，但敏次滴酒不沾。
敏次要替行成倒酒，行成沒讓他倒，自己倒了酒。
行成平常不會這樣。這時敏次才想到，行成說不定也很焦慮，只是沒有表現出來。
敏次喝下茶碗的水，冰涼的感覺滋潤了喉嚨，他呼地吐了口氣。水的冰涼，冷卻了發燒焦躁的心。陰陽師必須隨時保持冷靜，他卻感情用事，衝動地跑來了這裡。
敏次強烈感到羞恥，有失體面。
行成看著他緊繃的臉，一陣青一陣紅，不禁抿嘴偷笑。敏次一副大人模樣，其實還沒完全長大。行成想起自己在這個年紀的時候，也是這樣。
敏次雙手捧著茶碗，默默看著碗裡的水半晌後，抬起頭回看行成。
「行成大人，您剛才說的占卜是？」

行成放下手中的陶杯，端正坐姿說：「卦象顯示，有陰陽師對皇后下了詛咒。」

那個陰陽師會在陰陽寮犯下兇殺案，只要殺了那個陰陽師，詛咒就會失效，皇后也會好起來。這就是占卜結果。

「占卜的人是伊周大人的陰陽師？」

「聽說是，我沒有直接向他確認過，所以不敢斷定。」

敏次用恢復冷靜的頭腦思考。他總覺得心頭卡著什麼。那種感覺很難形容，硬要說，就是很不滿。

伊周請來的陰陽師有多大本事，他不知道，他只知道皇上身旁有當代最優秀的大陰陽師。即使安倍晴明人在伊勢，皇上還是可以派人快馬加鞭去請他占卜。晴明接到聖旨，一定會即刻占卜。

來歷不明的陰陽師占卜出來的卦象，與大陰陽師安倍晴明相比，能有多少可信度呢？為什麼皇上會相信那種人，對他的占卜毫不懷疑呢？是什麼原因讓皇上變成了這樣？

敏次說出心中的疑惑，行成憂慮地回他說：「皇后的病情十分嚴重，我覺得就是這件事蒙蔽了皇上的眼睛……」

他先聲明自己是臣子，與皇上相差十萬八千里，然後才又淡淡接著說：「我只能大膽猜測，皇上也許背負著很重的責任。不論我們這些臣子如何裁量、稟奏，最後還是要交由皇上做決斷，而最後承擔結果的也是皇上。」

政治實務可以交給臣子來做，但祈求國泰民安的祭神儀式，不管哪個時代都要由皇帝親自執行。向神明祈禱，所有災難由自己承擔，不要降臨在人民身上，是皇帝必須完成的重要使命。

皇帝是國家的重鎮，是掌管祭祀的王者。而無人可取代的使命，總是伴隨著孤獨。所以皇帝會被當成神般敬仰，是有道理的。也因為這樣，自古以來，有權勢的貴族們再怎麼爭奪最高權位，也絕對不會想把皇帝拉下來，自己坐上那個位子。這種事永生永世都不可能改變。

「不知道什麼叫做地位，只看得到表相的人，大概無法了解那種責任有多重或其他任何事吧。」

所以身處至高地位的人，都會希望擁有心靈相互寄託的伴侶吧？

儘管是政治婚姻，當今皇上還是這麼疼愛皇后定子，就是因為他們彼此心靈相通。行成平靜地吐口氣，喃喃說著：「皇上是怕皇后會不會就這樣……」

敏次非常清楚，行成不敢明說的話是什麼。

他的背脊掠過一陣涼意。

「皇后的病情這麼……？」

行成默然點頭。

皇后懷著孩子。可是一天比一天虛弱的皇后，能不能生下孩子呢？就算孩子生下來了，又能不能平安成長呢？

其實所有人都擔心這件事，只是沒人敢提起。

皇上比誰都憂慮，所以希望可以找出原因。只要去除病因，皇后就能得救，孩子也能平安出生。

「我是個普通人，沒辦法判斷詛咒是不是真的。但是皇上會被逼到這種程度，我想應該就是那樣吧。」

敏次不知道該怎麼回答。

「……」

皇上不是完美無缺。根據《記紀》記載，神也有缺點，也有失策的時候。沒錯，神並非萬能。降臨人世的天孫後裔，既生為人，就跟自己一樣有煩惱、痛苦、迷惘的時候。

人類是脆弱的。敏次了解自己的脆弱，譬如面對先天條件比自己好的人，就會羨慕、就會嫉妒；遇到什麼不順遂的事，就會歸咎於他人，而不會反求諸己；認為只有自

己最不幸。

不管多厭惡，這樣的脆弱都會潛藏在自己內心，冷不防地冒出來，在自己耳邊竊竊私語。

敏次一直以為，這是因為自己還不夠成熟。只要比現在學會更多知識、累積更多經驗、年紀愈來愈大，總有一天就會提升。所以他不懂，皇上雖然大他不多，但畢竟還是比他年長，為什麼心態會跟自己差不多呢？

「事到如今，也很難確定真相是怎麼樣……」行成沉重地說。

敏次卻搖搖頭，否定了他的話。

「不，即使昌浩再也回不來了，只要查明真相，還是可以洗清他的污名。」

要不然，詛咒皇后的大罪人的烙印，會永遠留在安倍家族身上。

「真要說起來，我是唆使昌浩逃亡的人，如果昌浩真的是犯人，協助他的我，也有罪吧？」

握緊雙拳的敏次下定了決心。

「行成大人，我想知道實情。」

除了昌浩的事，其他事也令他感到疑惑。

太多事重疊在一起了。天文博士吉昌和天文生昌親，都因為觸穢請了凶日假。而陰陽博士吉平被下毒，他的兒子們也都因為這樣請了凶日假，到現在都還查不清楚事情真相。唯一可以來工作的昌浩，又在陰陽寮犯下兇殺案，根據占卜結果被當成了對皇后下詛咒的犯人。

為什麼唯獨安倍家族，在短短時間內遇到這麼多的災難？

多到令人懷疑是不是被設計了。

「要說是巧合，也未免重疊得太過分了。」

尤其令人難以理解的是，皇上為什麼會那麼相信沒有任何實績的術士？

想知道皇后的病因，為什麼不叫陰陽寮占卜？

「恕我大膽地說，我們也一樣擔心皇后的病情。她是公主和皇子的母親，也就是將來的國母，只要皇上一下旨，從寮長到陰陽寮的所有人，都會極盡全力地占卜，找出原因……」

敏次忽然停住了，覺得自己的話值得商榷。

反覆在腦中思考自己說的每個字後，不由得打了個冷顫。

將來的國母——真是這樣嗎？

權力現在都集中在哪裡呢？沒有外戚的皇后，儘管集皇上的寵愛於一身，她的皇子也能被立為太子嗎？

思考發出這樣的疑問。

但不是這個疑問堵住了敏次的喉嚨。

那是種奇妙的預感，沉重、冰冷、恐怖。他想釐清這種無形的情緒，直覺卻不讓他這麼做，整理不出頭緒來。

行成看他滿臉疑惑，詫異地歪著頭說：「敏次，你怎麼了？臉色不太對……」

「沒、沒什麼，不用擔心。」

敏次猛眨眼睛，視線又飄忽不定，行成似乎察覺到什麼，閉一下眼睛說：「敏次，你心中所想的事，也許正中了核心。」

「咦?!」敏次驚訝得叫出聲來。「怎、怎麼可能有那種事！太荒謬了，以行成大人的身分，怎麼會……」

「可是，皇上的確產生了懷疑。」

行成的表情有些陰暗。

「皇上懷疑什麼……咦……？」

臉色發白驚慌失措的敏次，發現彼此之間似乎是雞同鴨講，訝異地問：「行成大人是說？」

行成也疑惑地皺起了眉頭。

「我是說皇上懷疑左大臣道長……敏次，你想的不也是這件事嗎？」

「啊……不，我是……」

敏次支吾其詞，視線飄忽的樣子，讓行成的語氣變得僵硬了。

「難道你有其他擔憂的事？說來聽聽。」

被行成追問的敏次，驚慌得不知所措。

那是沒有根據的預感，他也不想去確認。總覺得不可以說出來，一旦說出來就會變成言靈。

「我只是在想，對皇上來說，我們陰陽寮的人這麼不值得信任嗎……」

他們都有自知之明，知道自己遠不及皇上最信賴的安倍晴明。但是他們都很認真工作，也不斷努力向上提升。

「嗯……身為陰陽寮的官吏，的確不太能接受。」

「我知道這麼說太不自量力……」費盡心思把話粉飾過去的敏次，回想行成剛才說的話，又嚇得再次臉色大變。「您是說皇上懷疑左大臣?!」

行成點點頭，敏次不由得欠身向前。

「怎麼會這樣？就算是皇上，也不該這麼離譜……」

敏次驚愕得差點說出冒犯的話，被行成舉起一隻手制止了。

「剛才我也說過，皇上想找出原因，而且必須是所有人都能接受的完美原因……所以他的心很亂。」

那也不該懷疑既是國家最大權力者，又是自己叔父的左大臣吧？難道自己心慌意亂時，什麼事都可以做嗎？

怒火中燒的敏次，忽然想起一件事，沉默下來。

——這麼嚴重嗎？皇后的病情這麼嚴重嗎？

想到這件事的敏次，又開始咒罵自己的敏銳。若沒想到，就可以毫不負責任地發怒。

把自己的大千金嫁入宮中的藤原道長，意圖十分明瞭。

以後盾強弱來看，不知道哪天會出生的中宮的皇子，比較可能成為太子，而不是皇后嫡出的皇子。但是，中宮的年紀還小，目前沒有懷孕的可能性。倒是皇后已經生下兩個孩子，現在又懷了第三個。

如果這胎是男孩，就很難說了。而且往後皇后又健在的話，也還有可能再繼續懷孕生產。

敏次不是很了解左大臣的為人。他只是強烈認為，既然是這位行成大人非常崇拜的人，那麼一定是清風峻節的人。

想想行成的為人，他就很難相信左大臣會策畫詛咒皇后的計謀。

或者，只是自己錯看了人性？

皇宮是伏魔殿，在裡面蠢蠢欲動的百鬼夜行，是表面絕對看不出來的人類的黑暗面。

敏次自己也身陷其中。

那麼，昌浩是被皇宮的黑暗吞噬了嗎？

周遭陷入難以打破的沉默。行成和敏次都只聽著自己的心跳和呼吸聲，滿腦子想著心中排山倒海而來的事。

過了好一會兒，行成才平靜地開口說：「公任大人還沒醒過來。」

敏次屏氣凝神，等著行成說下一句話。

「不過，聽說已經脫離險境。」

「那……太好了……」

機靈的右大弁對大大鬆口氣的敏次說：「等公任大人醒了，我再去問他這件事。有了當事人的證言，就可以改變周遭人的看法。要洗刷昌浩的污名，就要從這裡做起，敏次。」

「是……」

磕頭回應的敏次想起一件事。

去年昌浩辦元服之禮時，行成就是加冠人。行成賞識昌浩，對他有所期待。

這件事對身為輔導人的他，也會有某種程度的影響吧？說不定還會對他將來的仕途造成阻礙。

但是，可以看得出來，他守護著昌浩的成長，並不是基於政治局勢之類的理由，而是因為喜歡昌浩的為人。說像他兒子，年紀有點太相近，應該說像他弟弟。

想到這裡，敏次又產生了疑惑。

話說昌浩的另一個哥哥成親，也很久沒來工作了。總不會成親也發生了什麼事吧？

敏次直截了當地提問，行成邊嘆氣邊點著頭說：「他的夫人再三交代我不要說，其實成親大人現在……」

聽說成親在十多天前遭到襲擊，敏次驚愕得瞠目結舌。

## 8

◇ ◇ ◇

過了辰時，總算接到了通報。所有事的元兇陰陽師，已經跳下山谷自盡了。

皇上聽完檢非違使的報告，又親眼確認過直衣與烏紗帽等證據後，才安心地吁了一口氣。

這件衣服說不定沾染著事機敗露的怨恨。

皇上原本要命令檢非違使立刻銷毀，但很快改變了主意。人死了，詛咒就會消失。那麼，何必再做鞭打死者般的事呢？再說，這種於事無補的殘忍做法，很可能刺激死者，又發生將近百年前的怨靈事件。

想到這裡，皇上不由得全身顫抖。

昨天傍晚，雷電落在皇宮。幾棟建築物被擊毀，引發火災。去年燒毀的皇宮，好不容易重建完工，皇上和皇后才剛剛搬回來，卻又發生了這種事。

忽然，皇上腦中閃過昨日的情景，是傍晚時在藤壺發生的事。

——沒有……沒有，絕對、絕對沒有那種事……！

不只是現在。當他睡不著，整夜沒有闔眼，等著去追捕的檢非違使們的通報時，這件事也在腦海中浮現過好幾次。

每次他都會告訴自己：不，中宮在騙我，她跟陰陽師絕對有私情。

為了忘卻這個傍晚的情景，他把滿肚子的怒氣都發洩在周圍的家具上。看到值夜班的隨從、宮女們，戰戰兢兢生怕觸怒自己，他就更不高興。他乾脆把人都趕走，交代他們等他召喚再進來。不料人走光後的寂靜，反而讓他更加焦慮，覺得再這樣下去，自己很可能會瘋掉。

但是，親眼看到破損的直衣後，他終於解脫了。不用擔心了，皇后的病將會痊癒。

「啊，對了，去看定子……」

皇后在皇上的要求下，一起住進了重建的皇宮。

在搬回皇宮前的早朝上，有人說皇后病重又即將臨盆，讓她留在宮外會對她比較好，但這樣的建言被皇上否決了。

皇上揮響扇子，對召喚的宮女說：「我要見皇后，妳去通報。」

宮女接到命令，默默退下。皇上壓抑激動的心情，等待回報。看到帶路的侍女出現，立刻興匆匆地站起來。

臥病在床的皇后定子，聽到嘈雜聲，遲緩地轉動脖子。

拉起的板窗與竹簾前，是暮色遲遲的無垠天空。屏風的擺設位置，經過侍女們的精心設計，讓風吹不進來，但可以看得到外面。垂下來的帷幔也都是高雅的色調，迎合定子的喜好。

「會不會冷？皇后。」

十分了解定子的侍女輕聲詢問。肯定是她為定子拉起了板窗與竹簾，因為她知道定子喜歡流通的空氣。

定子閉上眼睛回想。

「忘記是什麼時候了……」

「欸？」

浮現微笑的定子，懷念地說著：「妳……拉起竹簾……讓我看雪……」

侍女瞇起眼睛，啊了一聲，點點頭說：「沒錯……今年還沒下雪，所以沒辦法讓您看，對不起。」

「別……別這麼說……」

定子虛弱地搖搖頭，沉浸在往日的記憶中。回想起來那是最滿足幸福的時候。

「皇后？」

侍女擔心地叫喚著，定子張開眼睛，想跟她說些什麼。

「……」

這時候，清涼殿的人來了，嚴肅地傳達了皇上駕臨的聖旨。

來探望皇后的皇上，看到皇后的臉色那麼蒼白，大吃一驚。

「皇后……定子，妳覺得怎麼樣……」

皇上坐在旁邊，臉上難掩慌張的神情，皇后定子對他微微一笑說：「謝謝皇上的關心，臣妾不敢當……」

然後，她深深吐口氣，閉一下眼睛，又繼續對皇上說：「皇上駕臨……臣妾……很開心……」

「嗯……」

皇上行元服之禮時，是由定子侍寢。

在所有后妃當中，她跟皇上共同度過的日子最長，與皇上相愛、相知，是皇上最愛的女人。皇上無法想像失去她的日子。

然而，事與願違，定子的病情一天比一天嚴重。

「想不想吃什麼？任何東西都行，我會幫妳找來。比較好吞嚥的水果怎麼樣……」

皇上不能常來看生病的定子，所以東想西想，想展現自己最大的心意。

皇后瞇起眼睛說：「那麼……」

「我想……請皇上……答應一件事。」

皇上眨了眨眼睛。自從她削髮出家後，從來沒有這樣求過自己。

暗自期待她會像以前一樣向自己撒嬌的皇上，聽到她說出口的話，倒抽了一口氣。

「請……讓我……離開後宮……」

皇上一時說不出話，好幾次深呼吸後還是覺得喘不過氣來，拚命思索該怎麼回答。

「為……什麼……妳待在這裡，我比較放心，最好的藥師也都在這裡。」

定子閉上眼睛，緩緩搖著頭，皇上又繼續說服這樣的她。

「必要的話，我會從全國找來滋補的物品……對了，來舉辦祈求病癒的祈禱大會吧，在比叡或高野焚燒護符木，驅逐病魔……」

面如死灰的皇上，喋喋不休地說著。定子看著這樣的他，強忍住淚水。

她有預感。她已經生下兩個孩子，現在肚子裡還懷著新生命，但是再過不久，她勢必要拋下被她當成弟弟般守護成長的皇上。現在的她，因為長期生病，兩頰凹陷，很久沒洗的頭髮也髒得不能見人，她不能忍受再讓皇上看到她這副模樣。她希望某日永別時，皇上記憶中最深刻的她，是雙頰豐滿紅潤、黑髮光澤亮麗、看起來雍容華貴的她。

這是深愛皇上的女人的心。

穿上有薰香味、色彩鮮豔的襲衣，精心化妝、梳頭，露出燦爛的笑容迎接皇上，是皇后的義務。然而，生病的她，完全做不到。

「請求皇上……答應……讓我住在宮外……」

「定子……定子啊……」還年輕的皇上，用求助般的眼神看著皇后。「拜託妳不要說這種話！這樣不就像是……」皇上不敢再往下說，握緊了手中的扇子。

心想這樣不就像是在暗示，今生的別離就快到了嗎？

「放心，妳的病一定會好起來。」

想強擠出笑容卻擠不出來的皇上，拚命接著說：「會好的。除去病因後，馬上就會好了，不用擔心。」

呼吸困難的定子，不斷吸著氣，邊注視著皇上，露出淡淡的笑容。

「謝謝皇上……臣妾不敢當……」

「妳會好起來、會好起來，所以……」

「求求您，皇上……請答應我……」

「妳會好起來、會好起來……」

喉嚨忽然卡住，表情扭曲的皇上，沮喪地搖著頭。

他不想讓定子離開皇宮。他要定子住在後宮，住在他隨時見得到的這座宮殿。她的病很快就會好起來，所以不需要離開，真的不需要，可是——

為什麼自己沒辦法拒絕她的請求呢？

「請……讓我……離開皇宮……」

皇上握著皇后的手，緊緊閉起眼睛，咬住嘴唇代替回答。

於是，皇后定子帶著還年幼的皇子敦康，離開剛完工的皇宮，搬到竹三条宮的事，就這麼拍板定案了。

皇上一回清涼殿，定子就開始準備，請侍女們把早已悄悄打包好的隨身行李拿出來。在日落之前，定子和服侍她的侍女們就離開了皇宮。

皇后搭乘的牛車緩緩從皇宮離去。皇上正目送他們時，宮女急匆匆地向他通報，藤原伊周突然前來求見。

皇上心生疑惑，立刻接見了他。

伊周臉色蒼白地走進清涼殿，連開場白都省了，直接切入主題。

「播磨的陰陽師又占卜出令人難以置信的卦象。」

皇上有不祥的預感，打從心底發毛。

「怎麼了?我接到通報說，陰陽寮的直丁跳下山谷自盡了。」

「根據卦象……」

叩頭跪拜的伊周全身發抖地說：「他只是假裝自盡，其實往南逃了……」

「什麼！」

皇上頓時覺得全身血液倒流，好像被潑了一桶冷水。

「快、快來人啊！」

皇上站起來，放聲大叫，在待命區的侍從立刻上前回應。

「在！」

「馬上把別當叫來！」

沒多久別當就來了。

「聽伊周說，那個陰陽師還活著。」

別當聽到皇上這麼說，驚愕地張大了眼睛。

「是真的嗎?!」

「這是占卜出來的結果，那些檢非違使都在幹什麼！」

冷不防受到嚴重譴責的別當，只能把身體縮成一團。

「這次一定要找出犯人，將他逮捕。在砍下他的頭之前，不准來見我！」

「是……！」
急忙退出清涼殿的別當，立刻率領部下出發了。
藤原伊周的陰陽師說，那個犯人正摸黑往南前進。
南下的可能去處，包括吉野在內。那裡有很多貴族的別墅，沒記錯的話，犯人的親戚參議所擁有的山莊也在那裡。很可能就是往那裡去。
往吉野的路不只一條，別當把部下分成好幾組，嚴格指示他們：「盡快把犯人找出來，這次非將他砍頭不可——！」

◇　◇　◇

昌浩他們趁黑夜趕往吉野。
黎明時在山谷甩開了檢非違使後，他們找到隱蔽的岩石地，躲在那裡休息。
白天最好不要行動。這是螢深思熟慮後做的判斷。昌浩原本猶豫不決，但小怪和勾陣也都贊成趕夜路，他就同意了。
冬天的風很冷，連白天都冷。岩石背後曬不到太陽，更是冷得刺骨。小怪擔心燒柴生火的煙會被人發現，便用神氣包圍周遭，隔絕寒氣。

日落後開始前進，也是盡可能選擇沒有人會走的險路。

勾陣走在幾乎沒開口說話的昌浩與螢後面，用只有小怪聽得見的聲音，悄悄對小怪說：「這樣走下去，到吉野後要怎麼辦？」

小怪嚴肅地沉吟幾聲後說：

「我也不知道怎麼辦啊……」

坐在勾陣肩上的小怪，白天不停地釋放神氣，覺得有點疲憊，所以不想靠自己的腳走路。它也可以坐在昌浩肩上，可是正要坐上去時，昌浩滿臉嚴肅地對它說，想一個人靜一靜。

螢什麼都沒說，默默跟著他們走，不知道心裡在想什麼。她來是有目的的，接下來究竟打算怎麼做？

昌浩不能回京城。即使去了吉野，也會被當成已經死亡的人，今後該怎麼做都還不清楚。而螢有她確定的目標。想必神祓眾無論如何都要取得天狐之血吧？

此時，小怪和勾陣都想到同一件事。

無處可去的現在，最安全的地方，就是神祓眾居住的播磨之鄉吧？昌浩繼承的天狐之血最濃厚，而神祓眾想取得天狐之血，絕對會善待他。

問題是昌浩自己的意願呢？

從昨晚到今天早上，發生太多事，昌浩都沒時間去想神祓眾與安倍益材之間的約定。先休息，在傍晚起床，等天黑出發後，只需默默移動腳步而已，所以昌浩現在正在思考神祓眾的事。

不時瞥向螢的他，臉上還是掛著沒找到答案的複雜表情。螢似乎也有察覺到他的視線，但沒做出任何反應，只是漠然往前走。觀察周遭狀況的她，臉色十分蒼白。

小怪皺起了眉頭。車之輔離開前說的話，在它耳邊迴響。

——呃，她……就是那位螢小姐……我覺得她的身體好像不太好。

車之輔知道什麼。沒繼續說下去，是因為螢下了封口令嗎？

這個神祓眾的直系，究竟隱瞞著什麼？看不出她的身體哪裡不好，只覺得她晶瑩剔透的肌膚愈來愈蒼白，這點讓人有點擔憂。

默默前進的昌浩，忽然停下腳步，環顧周遭一圈。

「這裡是哪邊呢……」

以前是在白天來的。白天和晚上的景色，看起來不一樣，又很久沒來了。方向應該沒錯，但不知道詳細位置。

「路對嗎？」螢問。

昌浩回她說應該對吧。

幸好有星星，不會搞錯方位。

稍微想一下的昌浩，滿臉疲憊地嘆了一口氣。

應該沒走錯，但他也不敢確定。萬一搞錯，進了其他貴族的山莊，很可能被管理山莊的雜役發現。那件事應該還沒傳到這裡，但難免還是會擔心。

「今天就走到這裡吧？」

小怪看到昌浩的表情便這麼提議。天就快亮了，最好在天亮之前找到休息的地方。

兩人都沒反對。

他們看到離山路不遠的地方，有三棵大樹緊緊靠在一起往上長。可以確定，從山路看不到樹後的平坦空地。這種季節的這種時刻，應該沒有人無聊到來走這條山路。

白天昌浩和螢睡覺時，小怪和勾陣都嚴加戒備，沒有發現追兵的動靜。是不是追兵找到直衣和烏紗帽，判定犯人已經死亡了呢？

停下來，就覺得更冷。

穿著新狩衣的昌浩，不禁搓起手來，吐出白色氣息。螢也一樣。兩人都快冷死了，只是沒有表現在臉上。

覺得冷，心就會縮起來，所有事都往壞處想。再加上，螢和昌浩都只喝了山谷裡的水，從昨晚到現在什麼都沒吃。

「等我一下，我去找些東西來。」

丟下這句話就離開的勾陣，已經離開很久了。

天就快亮了，現在是最暗的時刻。

吐著白色氣息，合抱雙臂的螢，察覺昌浩站起來，便跟著移動視線。

「妳待在這裡就行了，螢。」昌浩制止正要站起來的螢，自己在周邊走來走去，撿了一堆樹枝回來。

「小怪，可以幫我點火嗎？」他還記得，以前十二神將的朱雀用神氣點燃過燈台。

小怪甩甩尾巴說：「等一下。」

它用前腳撥開落葉，空出一塊地方，指示昌浩把樹枝擺在那裡。昌浩保留空氣可以進入的縫隙，把樹枝堆疊起來，小怪的眼睛閃爍一下，火就燒起來了。

螢看著昌浩和小怪做的事，讚歎地低喃著：「十二神將還真方便呢！」

昌浩邊擔心光靠這堆樹枝很快就會燒完，邊點著頭說：「是啊，很有用，不過小怪不太做這種事。」

「是嗎？」

「還好啦。」

小怪回應後，螢好像想到什麼，把手伸向了白色尾巴。

小怪察覺她的舉動，疑惑地瞇起眼睛。「妳要幹嘛？」

「看起來很暖和。」

小怪的眼睛突然變得呆滯。

「不要跟昌浩一樣……」

螢訝異地看著拉長臉碎碎唸的小怪，昌浩替它解釋說：「去年我常把小怪纏繞在脖子上。」

「哦？好羨慕哦。」

看到螢真的很羨慕的樣子，小怪眉間的皺紋皺得更深了。

「嗯，脖子附近都很暖和，不用穿太多衣服。」

昌浩這才想起來，今年冬天還沒圍過圍巾。

想著這些事的昌浩，瞥了小怪一眼，看到它再陰沉不過的夕陽色眼睛，宛如燃燒的火焰。一屁股坐在昌浩和螢中間的小怪，無言地甩著尾巴抗議時，勾陣空著手回來了。

「有沒有找到什麼？」

小怪動動耳朵，勾陣搖著頭說：「對不起，好像都被動物們吃光了。」

沮喪的勾陣原本以為可以找到果實之類的東西，螢抬頭看著她說：

「我一、兩天沒吃也沒關係。」

昌浩瞠目結舌。螢察覺他的視線，聳聳肩說：「我的食量本來就小，只要吸點山氣，就能撐些時候……」

妳是不食人間煙火的神仙啊？小怪在心中這麼暗自嘀咕。不過，食量小可能是真的吧？所以才瘦成這樣。

螢轉向昌浩說：「可是昌浩……」

昌浩慌忙回她說：「一、兩天的話，我也可以……」

就在這時候，昌浩的肚子大聲叫了起來。

「唔……」

現場瞬間一片寂靜。

昌浩抱著頭，發出無聲的吶喊：

為什麼我的肚子偏偏在這種時候、這種場合叫起來呢……！

覺得丟臉、窩囊而懊惱不已的昌浩，聽到有人噗哧笑出來的聲音。

絕對是怪物小怪。

這麼斷定的昌浩，抬起頭正要開罵時，就看到螢一手掩住嘴巴，肩膀微微顫抖著。

沒多久，她再也忍不住，哈哈笑了起來。

「昌浩……你……好好笑……」

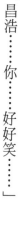

心情很複雜的昌浩，看到她笑得那麼開心，不禁也跟著笑了起來。

火焰嗶嗶剝剝爆開來。緋紅的火焰不只溫暖了冰冷的身體，也溫暖了心。

笑了好一會兒的昌浩，嘆口氣，漫不經心地望著火焰。

小小的火焰搖曳、躍動著。

呆呆望著、看著，頭腦就一片空白了。

搖曳的火焰，不時發出嗶嗶剝剝的爆裂聲。面向火焰的身體表面熱了起來，背後卻還是被風吹得很冷。

昌浩稍微挪動了坐的位置。螢默默移動視線。昌浩什麼都沒說，只是看著火焰。

小怪和勾陣都知道，他是移到可以擋住從樹幹間吹來的冷風的位置。往這裡吹的風，現在已經吹不到坐在昌浩斜前方的螢了。

小怪用前腳前端的爪子抓著耳朵下方。在這方面，昌浩就是這麼窩心，不管對方是誰，他都會這麼做。大概是把兩個哥哥和紅蓮為他做的事，在無意識中回報給了他人。

而且螢是救命恩人，若沒有她，昌浩現在不知道怎麼樣了。當時神將們處在動彈不得的狀態下，幸好有她在。

小怪和勾陣都明白這一點。她就如同她的名字，是來替昌浩照亮前進的路。

輕輕嘆口氣的小怪和勾陣，彼此互看了一眼。

該如何是好？該怎麼做呢？怎麼做才好呢？

與神祓眾的約定，必須由生在安倍家的人做出結論。十二神將只能遵從他們的決定，沒有權力決定他們該怎麼走，也不想這麼做。

小怪突然想到，如果在安倍晴明那一代，神祓眾生下了女兒，結果會怎麼樣呢？

這樣默默想了一會後，小怪心煩氣躁地站起來。

「我去找木柴。」

沒想到勾陣也跟著它走。

「勾？」

「你的手沒辦法抱木柴吧？」

「這不是手，是前腳。還有，抱木柴時我會恢復原貌。」

勾陣帶著苦笑，對半瞇起眼睛的小怪聳聳肩。

看著火焰的昌浩，邊注意著逐漸遠去的神將們，邊想著事情。

直到現在，他都只能想自己的事，沒辦法想其他事，時間就這樣過去了。有很多事必須去面對。雖然波濤洶湧的感情，讓他怎麼樣都無法冷靜思考，但總不能就這樣永遠不去面對。

坐在斜前方，面向火焰取暖的小野螢，是來自神祓眾之鄉播磨。

昌浩屈膝而坐，把頭埋進搭在膝上的雙手之間。

身手比他好、靈力比他強、體格比他瘦小許多的同年紀女孩，在他生死關頭時趕來，跑在他前面為他突破重圍，還跟著他來到這裡，沒有半句怨言。

車之輔打算犧牲自己衝出京城時，她也比昌浩更早察覺它的意圖，試著勸阻它。她注重妖車的生命勝過自己的安危。她是非常疼惜式的陰陽師，跟安倍家的陰陽師一樣。

昌浩羨慕、嫉妒她的高強。這是他很不願意承認，但確實存在於他心中的情感。治好小怪的喉嚨、讓哥哥醒來，都是他做不到的事，所以更讓他懊惱。

但是昌浩試著拋開自己本身的這些情感，改變觀點來想。

她給了他很大的幫助，還救了他。值得依賴、感謝。毋庸置疑，螢是個好女孩。

然而，同時又有另一種想法存在於昌浩心中。

他自認修行到現在，已經努力盡了全力。為了提升法術的精準度、增強靈力，能做的事他全都做了。這樣的自己卻還是比不上螢。

這個不爭的事實，對昌浩造成很大的打擊。

即便不夠成熟不是直接原因，還是要怪自己太過感情用事，躲著小怪他們，才會給人陷害自己的機會。若神將們像平常一樣跟在自己身邊，說不定就不會發生被冠上殺人罪名的事，也就不必抱著空肚子在這種深山裡生火取暖了。

這些因果全都是自己造成的。

「……我到底在幹什麼……」

垂頭喪氣發出來的聲音，是無力到極點的懦弱的自言自語。

火勢逐漸轉弱的火焰，大大搖曳，發出嗶嗶剝剝的爆裂聲。

肩上有沉重的壓力。看不見未來。到了吉野，又該怎麼做？說不定回不了京城了；說不定再也不能公然露面了；說不定必須隱姓埋名，東藏西躲，偷偷摸摸地活著。

這樣簡直就像……

想到這裡時，有個平靜的聲音對他說：

「要不要我安慰你——」

# 9

右手抱滿樹枝回來的勾陣，在樹幹後面聽到螢說的話，不由得屏住氣息呆住了。坐在她肩上的小怪，驚訝得目瞪口呆，差點坐不穩掉下來。

在小怪摔落地面之前，勾陣及時用空著的左手，抓住了它的尾巴。幸好她為了隨時應付突發事件，總是會把慣用的那隻手空下來。

被抓住尾巴懸吊在半空中的小怪，順著勾陣的手臂爬到肩上。

該假裝什麼都沒聽見，就這樣走過去呢？還是要在這裡觀察狀況？

神將們一時之間沒辦法判斷，慌亂到連自己都感到訝異。

用眼神交談的神將，聽到嗶嗶剝剝的柴火聲中，響起無精打采的聲音。

「不用……」

小怪和勾陣眉頭一皺，互看了一眼。

昌浩的回應聽起來真的很沮喪、很無助。

肩膀下垂、弓著背的模樣，簡直就像是——

「……」

小怪注視著昌浩的背影，眼角餘光瞄到他被火焰前端照亮的蒼白的臉，心頭不由得震了一下。

難以形容的某種感覺，使小怪轉移了視線。

螢抱膝坐在昌浩斜前方。昌浩低著頭，沒注意她是什麼表情。

螢偏頭看著昌浩。那雙眼睛就像沒有一絲波紋的水面，如潤澤的水晶般透明，埋藏著壓抑種種情感的深邃。

小怪沒辦法不盯著她看，自己也不知道為什麼。

沒多久，螢看著低下頭的昌浩，微微一笑。

「……」

那個有氣無力的淡淡笑容，溫柔、恬靜得教人心疼。

——就是那位螢小姐……我覺得她的身體……

車之輔的話又在小怪耳邊響起。

沒來由的焦躁充塞它心頭。

呆呆佇立好一會的神將，看到火焰前端的火勢才猛然回過神來。

柴火逐漸減弱，就快熄滅了。

他們做個深呼吸，一副沒事的樣子走向昌浩和螢。

昌浩聽到踩在枯葉上的腳步聲，抓抓腦袋，依然垂著頭站起來，轉身走開。

「昌浩？」

小怪叫住正要從它旁邊走過去的昌浩。垂頭喪氣的昌浩虛弱地說：「我去吹吹風，清醒一下。」

說完就走了。小怪跳到他肩上，他就那樣在黑暗中搖搖晃晃地向前走。

目送他們離去的勾陣嘆口氣，轉過身來。

螢縮著身體躺在柴火旁邊。

勾陣單腳屈膝跪下來，把木柴放在枯葉上，低聲問：

「螢……妳不舒服嗎？」

螢的肩膀顫動一下，輕輕搖著頭說：

「我只是有點累。」

回答的聲音很小，但很篤定。

勾陣說：「是嗎？」把木柴往火裡加。

火勢增強了。

「我來看著火，妳去休息。」

「嗯，就這樣吧。晚安，十二神將。」

規規矩矩地回應後，螢把身體縮得更小了。那種姿勢很像在隱忍疼痛。勾陣有股衝動，想問她真的沒事嗎？

然而，勾陣還是把伸向螢的手縮回來了。

她想起，受傷的野獸會沉睡，等待身體復元。螢當然沒有受傷，但有某種力量阻止勾陣出聲叫她。

這個女孩隱瞞著什麼。勾陣有這樣的直覺。

搖搖晃晃走在森林裡的昌浩，找到一個上空沒有被樹木遮住的地方。有棵大樹斷成兩截，倒在地上。從那裡延伸出來的粗樹枝，高度剛剛好，昌浩就一屁股坐下去了。

上空沒有被樹木遮住，特別通風。

昌浩打了個冷顫，把坐在肩上的小怪拖下來，抱在胸前。把下巴放在小怪頭上的他，深深嘆了一口氣。

小怪啪噠啪噠甩動尾巴。

「怎麼了？」

一陣風吹來，昌浩又抱緊了小怪。

「剛才螢……」

小怪的四肢有點僵硬。

「螢怎麼了？」

「呃，她看我很沮喪的樣子，就說要安慰我……」

「哦。」

「我說不用，拒絕了她……她是關心我啊，我覺得很對不起她，現在也好後悔。」

小怪猛眨著眼睛。

它當然知道。它跟同袍都聽見了，兩人都受到前所未有的震撼。

「哦……」

「看到有人很沮喪的樣子，任何人都會擔心，希望自己能做些什麼。我卻因為想太多事，把那種心思都拋到腦後了……我不只法術不行，連這方面都不行，該怎麼說呢，覺得自己好沒用……」

「嗯……也許……是吧……」

小怪答得支支吾吾，眉頭深鎖，白色尾巴砰砰拍著昌浩的手，頭腦不停地思索著。

「但是呢、可是呢，你也用不著這麼自責。讓她安慰的話……該怎麼說呢，好像有點……有點窩囊，還很那個……哎喲，既然你說不用就不用嘛，有什麼關係呢，幹嘛覺

得自己沒用，再說你也不是那麼沒用……」

說得曖昧不清的小怪，舉起一隻前腳要繼續說下去時，昌浩搖搖頭說：

「不對。」

「不對？」什麼不對？

小怪偏著頭，怎麼也想不通。

昌浩仰望沒有遮蔽的天空，瞇起了眼睛。

天空慢慢由藍色轉為靛青色。

快到破曉時分了。

「她說要安慰我時……我覺得……不對。」

昌浩眺望著遠處的視線，像是被朝霞灼傷了般，從天空往下移轉。然後他望向樹木的前方，也就是東方。

「這種時候，我只希望被某人安慰……」

心情非常低落、垂頭喪氣時，有隻手會伸過來撫摸他的頭。用纖細嬌嫩的手指撫摸，動作就像在哄騙小孩子。

……你還好吧？

昌浩想起不在現場的那隻手的主人。

「嗯……」

每次他都覺得好害羞，說不出話來。

——沒什麼。

這只是瑣碎的日常應對之一；僅僅是那樣而已，卻不知道為什麼，比剛才在火邊取暖時，更能溫暖昌浩的心。

小怪默默看著昌浩。

它不用確認也知道，昌浩是在對誰喃喃說著「嗯」。它還知道，昌浩正望著明明曉得從這裡看不見的某處。那裡要越過好幾座山。每次看著往來的書信，昌浩的心就會飄向那裡。

這些日子都忘了一件事，現在才想起來。以後會怎麼樣，完全不得而知，就像身處看不見前方的黑暗中。雖然不知道以後會怎麼樣，但有件事是他確定想做的。

「……」

他只蠕動嘴唇，發出了沒有聲音的喃喃自語。

——去看螢火蟲吧。

這句話重複了一次又一次，每次都沒有實現。

儘管如此，只要有這個堅定不移的承諾，即便看不見未來，昌浩也會向前奔馳。

長久以來都是這樣。

劃出朦朧軌跡飛翔的螢火蟲微光，就像引導方向的指南。

澎湃洶湧翻騰不已的心，終於風平浪靜了。

昌浩張開眼睛，誇張地嘆了一口氣。

「我說小怪……」

「哦。」

小怪動動耳朵，眨了眨眼睛。昌浩的聲音聽起來格外清亮。

「螢好厲害，一隻手就把夕霧那傢伙拋出去了。」

小怪眯著眼睛，不以為然地說：「那是武術，你只是不擅長，一直都沒學而已。」

「她一眼就看出你的喉嚨有問題。」

「是啊。」

小怪一回應，昌浩就雙手各抓住它的一隻前腳，上上下下地移動，當成玩具玩耍。

「還馬上幫你治好了。」

「嗯……沒錯，我也很驚訝。」

任由昌浩玩耍的小怪，想起這件事，露出佩服的表情。

不只小怪，所有在場的人都目瞪口呆，所以真的很厲害。那麼精湛的本事，真想讓晴明也見識一下。

「螢很厲害，真的很厲害。」

昌浩放掉小怪的前腳，沉默下來，一改剛才開玩笑的語氣說：「……好不甘心。」

小怪驚訝地張大了眼睛，但視線還是盯著正前方，它覺得現在最好不要回頭看昌浩的表情。

想也知道他是什麼表情，但是現在的昌浩，恐怕只願意讓某人看到這樣的表情，而那個某人並不是小怪。

「我不甘心，非常不甘心。」

仰望天空的昌浩，語調有些顫抖。

「……我不甘心，我不想輸給她……」

雖然目前做不到，但總有一天會做得到。

昌浩的目標是成為超越安倍晴明的陰陽師。通往那個目標的路十分遙遠，途中還聳立著無法預測的種種高牆，隨時可能阻擋昌浩的去路。

現在面對不知道第幾座的高牆，要怎麼樣才能翻越，必須找出方法。

「我不想輸給她，可是……」

停了半晌，昌浩突然苦笑起來，又說：「螢是個好女孩。」

剛才昌浩第一次看到螢的笑容，心想原來她笑起來是這樣啊？平時的她總是滿臉嚴肅，差異大到令人吃驚。

「她很會照顧人，也很關心車之輔，真看不出來是那個人的後代。而且在這種狀況下，她還願意陪著我，真是個好女孩。」

小怪半瞇起了眼睛，心想這是判定「好女孩」的標準嗎？

況且，就算她是那個男人的後代，也相隔好幾代了。再說光靠男方也不可能生下孩子，她大有可能是遺傳到女方的基因和個性。

聽小怪這麼說，昌浩也覺得有可能，露出理解的表情。

冥官在拋棄人類的身分之前，畢竟也是人類。既然有後代，表示也有過一、兩位情投意合的女性朋友。不，說不定更多。撇開他的個性，他俊秀的外表可媲美十二神將。

不過，居然有那麼偉大的女人願意跟他結婚。何況關於「那個冥官還是人類時，跟現在不一樣，個性瀟灑、開朗活潑、清廉高節又忠厚老實……」之類的傳聞，聽都沒聽說過，可見女方是欣然接受了他那樣的個性。

既然是那種女性的遺傳基因，會生下螢這樣的孩子也不奇怪。

「螢很厲害吧？真的很厲害呢，啊，可是我好不甘心。」

「也是啦，不過，我在想……」

「嗯？」

昌浩猛眨眼睛，小怪口若懸河地說：「她是繼承冥官血緣的神祓眾首領的直系，必須在她這一代實現注入天狐之血的約定。她背負這樣的期待於一身，該怎麼說呢……不厲害也不行吧？」

而且她還是個女生。

小怪沒有瞧不起女生的意思，畢竟十二神將鬥將中的一點紅就是第二強者。不過，神將的根本體質與構造層次不同，不能做為比較對象。

「人類再怎麼努力，男生的體力或其他條件還是比女生好。當然偶爾也會有例外，可是螢怎麼看，體格都比同年齡的你嬌小，也就是說天生的基本體力應該比你差。」

她卻可以在同樣的時間內，走完跟昌浩同樣的路，大氣不喘一下，還誇下海口說一兩天不吃都沒關係，看來經過相當的鍛鍊。

小怪的表情忽然正經起來。「逞強也要有個限度，她那樣就像……」

閃過小怪腦海的畫面，是昌浩控制不了天狐的力量，在太過強勁的力量中痛苦掙扎的模樣。

「小怪？」

昌浩的叫喚帶著好奇，小怪甩甩頭說：「沒……沒什麼。」

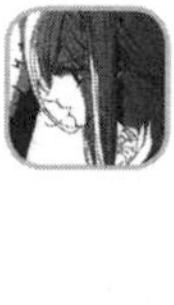

從昌浩膝上爬到肩上後，小怪用白色尾巴拍拍他的背說：

「差不多該往回走了，你目前的狀況很難恢復體力，要盡可能休息。」

昌浩乖乖聽它的話站起來。

坐在他肩上的小怪想起以前的事。

很久以前，晴明幾經波折才跟若菜結了婚。

原本晴明並不想跟若菜結婚，一點都不想，可是又不想把她交給其他人。

晴明知道，自己是變形怪的孩子，娶了她一定會使她不幸，可是已經插手管她的事，又放不了手，煩惱了很久。

就這方面來看，昌浩也重蹈了覆轍。再怎麼微不足道的東西，他都會在無意識中選定其中一個，其他全部捨棄，這就是最好的證明。

昌浩本身還沒有這樣的自覺，究竟是幸還是不幸，小怪也無法斷定。不論如何，在無法去除左大臣家第一千金的身分與家世的現況下，小怪還是希望他最好沒有自覺。

它知道晴明當時的心情，所以不希望昌浩也嘗到同樣的痛苦。

這種想法很自私，小怪不是不知道，可是它想所有了解這件事的同袍，應該都是這樣的心情吧。

昌浩瞥一眼沉默、臉色嚴肅的小怪，緊緊閉起了嘴巴。

他好不甘心、好嫉妒、好羨慕。

這是誰都不想察覺、不想面對的情感。然而，不得不承認時，只能忍受痛苦，沒有任何辦法。正好有小怪陪在身邊，所以他就說出來了。假如沒有任何人在身邊，他會非常痛苦。

昌浩撫摸著白色的背部，小怪閉著一隻眼隨他摸。大概看出了什麼，它沉默不語。

不甘心、嫉妒、羨慕，全要歸咎於自己的能力不足，所以該怎麼做呢？

昌浩早已知道這種時候該選擇什麼路。

負責看著柴火的勾陣，察覺昌浩他們回來的動靜，默默把視線投向他們。

縮著身體躺在柴火旁的螢閉著眼睛。應該已經入睡的她，一察覺人氣，立刻張開眼睛爬起來。

「是昌浩啊……」

被她的犀利視線射穿的昌浩，苦笑著聳聳肩說：「妳很厲害呢，螢。」

「啊？」

螢疑惑地回應，昌浩在柴火前坐下來對她說：「呃，螢，可以拜託妳一件事嗎？」

剛才躺著睡覺的關係，前面的劉海都亂了。正在撥劉海的螢，聽到他說得那麼認真，把手停了下來。

「妳可以教我把夕霧拋出去的那種武術嗎？」

等著聽他要說什麼的小怪和勾陣，都訝異得目瞪口呆。

在元服之禮前，昌浩挑戰過種種技能，武術和劍術都被斷定沒有才能，從此失去了興趣。真沒想到現在他會說這種話。

原來他這麼不甘心啊？小怪有了更深的感嘆。

不知道昌浩與小怪之間談了什麼的勾陣，臉上露出到底發生了什麼事的訝異表情。她用視線要求小怪做說明，小怪也用視線表示稍後再說。

這時候，看著昌浩好一會兒的螢，終於開口回應了：「可以啊……」

昌浩的眼睛亮了起來。可是螢又說：「靈術和武術應該同時學啊，安倍晴明怎麼沒教你？」

被質疑的昌浩，現在才知道這個震撼的事實，啞然無言。

◇　◇　◇

藤原敏次今天到陰陽寮工作，才聽說皇后定子在昨天傍晚搬出了寢宮。其實這個話題從昨天就傳遍了皇宮，敏次為了處理前幾天打雷和兇殺事件，花了不少時間，後來又因為昌浩跳下山谷自殺的事，思緒一片混亂，所以沒有心情聽任何流言蜚語。

說是回宮外老家調養，但定子並沒有那樣的老家。竹三条宮只是一般貴族的宅院，由皇室提供的臨時住所。

不過，敏次覺得搬到那裡，應該比住在紛亂的後宮輕鬆多了，還比較可以休養。

為了皇上，但願她可以早日戰勝病魔，生下健康的皇子，回到宮內。

這麼真心祈禱的敏次，心頭又泛起難以形容的寒意。

「……」

敏次知道自己臉色發白，這種血液倒流的感覺非常熟悉。心跳聲震耳、心臟狂跳。或許是驚恐程度遠超過自己的想像，手腳的指尖都又冰又冷。

現在是冬天，當然會冷，尤其是四肢末梢。但是這種冷，性質又跟那種冷不一樣。

敏次盡可能放慢呼吸，甩甩頭。他還有很多事要做，現在少了直丁，有空的人就要分擔。

「……」

滿腦子的胡思亂想，加重了敏次的腳步。

到底要怎麼做，才能找出真相呢？聽說公任還沒醒過來。時間經過太久，人們就會徹底忘了這件事。雖然皇宮裡很少發生殺人事件，但時間久了，記憶還是會逐漸淡去。

能不能在大家對這件事的熱度退去之前，想辦法做點什麼呢？

有種說不上來也不想去弄清楚的感覺，在心中捲起驚濤駭浪。

「這、這是什麼……」

他心浮氣躁地低嚷，用拳頭輕敲牆壁。其實是很想用力搥下去，只是看到其他寮的官吏從渡殿往這裡走過來，所以在快搥到牆之前及時煞住了。

走過來的官吏，看到退到外廊邊緣行禮致意的敏次，露出忽然想起什麼的表情，壓低嗓門說：「你是陰陽寮的……」

「是，我是陰陽生藤原敏次。」

官吏點點頭，環顧周遭。

「你聽說了嗎？」

「啊？聽說什麼？」

「關於那個殺害公任大人的直丁的事。」

敏次垂下了視線。皇宮裡的官吏，大多喜歡聽些蜚短流長。應該還有其他更多的事要做吧？敏次邊在心中這麼咒罵，邊默默低下了頭。

官吏合抱雙臂，不勝感嘆地說：「真是太令人驚訝了，他居然會詐死甩開追兵。」

敏次瞠目結舌。

「聽說昨天確定他還活著，我想知道他後來是不是被抓到了，你有聽說什麼嗎？」
他這麼小心翼翼觀察四周，是因為大家都知道皇上接到通報時有多麼激動。隨便提起這個話題，萬一有人向皇上密告，恐怕會影響仕途。可見皇上的憤怒有多強烈。
「沒聽說嗎？到底怎麼樣？」
被官吏再三催促的敏次，猛眨著眼睛說：「對……對不起，昨天我忙工作就忙不完了，沒空聽工作外的事。」
官吏立刻顯露失望的神色，掃興地揮揮手，要敏次趕快走。
敏次很不高興，但沒有表現在臉上，掩飾得非常好。
敏次默默一鞠躬後就離開現場。他覺得心跳開始加速，這不是剛才的冰冷引起的，而是壓抑不住興奮時，身體的自然反應。
安倍昌浩還活著；他還活著。起碼到昨天為止都還活著。不知道為什麼，總之他還活著，一度逃過了檢非違使的追捕。
敏次不由得握起拳頭，心想既然還活著，就逃得遠遠的吧，這是目前最好的辦法。
「行成大人知不知道呢……」
敏次壓抑感情，喃喃低語，偏起頭思考。
聽說檢非違使把昌浩跳下山谷的證據都帶回來了，為什麼生死的判斷又被推翻了？

有個曆生去衛府⑤辦事，正好聽說了這件事。他假裝不經意地叫住敏次，把答案告訴了敏次。

曆生們經常到處尋找離開座位久久不回來的曆博士，他也是其中之一，好幾次都看到敏次在跟曆博士說話。曆生說他對博士的親弟弟昌浩，多少有些認識，所以無論如何都覺得這次的事件有問題。

「我們博士雖然有點不正經，但是動不動就會拿他弟弟出來炫耀，說他弟弟跟他不一樣，是非常完美的人。」

曆生帶著幾分無奈，淡淡說著，敏次不由得反問他：「動不動就會說嗎？」

「是啊。」曆生點點頭接著說：「我還可以告訴你，他每隔幾天就會拿自己的孩子出來炫耀，他就是那種孩子至上、弟弟至上的人。」

直言不諱地說完後，曆生喘了一口氣。

「他都這麼說了，即使撇去偏袒自己人的成分，我也相信他弟弟應該是個好人。我跟他弟弟不太熟，所以這是我的客觀判斷。」

敏次不知道為什麼，被理性分析的曆生的氣勢壓倒，回應得支支吾吾，一點都不像平時的他。

「哦、哦……」

「先不說這個了，我要告訴你一件大事。」

曆生為了謹慎起見，環顧周遭，確定沒有其他人才壓低嗓門輕聲說：「有人通報皇上，安倍直丁還活著，正逃向南邊的吉野。皇上大怒，嚴格命令別當沒抓到犯人就不准回京城。」

默默聽著的敏次，皺起眉頭問：「到底是誰通報了皇上……？」

曆生搖搖頭說：「我問了告訴我這件事的衛兵，他也不知道詳細情形。只聽說藤原伊周晉見皇上後，別當就被皇上叫去了。」

說到這裡，曆生的表情變得有些嚴肅。

「直丁會被處以什麼樣的刑罰，不是我這種低階官職的人可以干預的……不過，我覺得那個直丁不太可能做出詛咒皇后的事……」

「……」

敏次沒有回應。雖然他也是這麼想，但理性告訴他，不可以在這種時候表態。

曆生看到他複雜的表情，又接著往下說：「啊，沒關係，請忘了我剛才說的話，說那些也於事無補。不過，我雖然隸屬於陰陽寮，對占卜術卻是完全外行，所以，覺得可以占卜出安倍直丁會殺人，日期時間還算得那麼準，實在太不可思議了。」

曆生面向他處，自言自語般地說著。

「除了我們博士向來引以為傲的那位大陰陽師外，居然還有其他術士可以占卜到這麼清楚，甚至分毫不差。我不禁要懷疑，占卜真的連那麼重大的事情都可以輕易占得出來嗎……？」

這時候響起了報時的鐘聲。

敏次與曆生視線交會，彼此行個禮，各自往相反方向交錯而去。

裝作什麼事都沒發生的敏次，回到陰陽部後，在腦中不斷反思曆生的話。

占卜連那麼重大的事都可以輕易占得出來嗎？

「……」

敏次的眼睛發直。

如果可以輕易占出來，就不用學得這麼辛苦了。

霎時，敏次怒火中燒，憤然走向外廊，去收藏占卜器具的書庫。這裡離發生事情的現場有些距離，在前幾天的騷動中，只有架上的道具掉下來，沒有其他損害。

敏次坐在從架上拿下來的式盤前，橫眉豎眼地轉動式盤，邊瞪著轉得比平時大聲的式盤，邊低聲喃喃自語。

「這樣不行、這樣不行，要保持平常心、要保持平常心。」

敏次用聽起來完全欠缺平常心的強烈語氣，再三重複這句話，然後盯著終於停止轉動的式盤。

真的有詛咒這件事嗎？有或沒有，全都要看那個來歷不明的術士說的是不是真的。

占卜顯示有詛咒，而且下詛咒的人會犯下兇殺案。結果果真如占卜所示，發生了兇殺案。所以犯下兇殺案的人，就被當成了下詛咒的人。

可能是因為他一開始就抱持著懷疑的態度，所以覺得這是巧妙利用話術的詭計。

占卜沒有絕對，再熟練的術士都可能解讀錯誤。

「晴明大人也許沒有讀錯過，但我還沒聽說過有其他人像他那麼厲害。」

起碼京城裡沒有。

聽說是藤原伊周請來的播磨人。難道播磨有陰陽寮不知道的高人？就算有也不奇怪，可是有的話，為什麼名聲沒有傳到京城？連平時喜歡聽八卦的貴族們都不知道，可見沒有任何傳聞。

輸給這種連哪根蔥哪根蒜都不知道的人，豈不是有失陰陽寮的體面？

種種錯綜複雜的感情，盤據在心中。敏次做了好幾次深呼吸。

「保持平常心、平常心，嗯，保持平常心、平常心……！」

身為首席陰陽生，這模樣實在見不得人。敏次知道自己還不夠成熟，閉上眼睛，設法讓自己冷靜下來。過了好一會，才覺得心跳慢慢緩和下來。

「……」

敏次張開眼睛，以極慢的速度吐出氣息，邊看著式盤。

對於自己解讀式盤的能力，敏次沒什麼自信，他比較擅長看面相。然而，即使是面相，也不是每次都能看得準，所以他每天都很努力學習。

他邊在腦中想著式盤的教課書，邊解讀盤上顯示的卦象。

注視著式盤好一會兒後，他猛然張大了眼睛。

「這是……！」

**小怪的陰陽講座**

⑤負責警備的單位。

決定遺忘的聲音，呼喚著這個名字。

# 10

◊　◊　◊

跑得氣喘吁吁的昌浩，差點滑下斜坡，整個人失去了平衡。

「昌浩！」

在千鈞一髮之際，有隻手抓住了他的衣領。

紅蓮把剎那間不能呼吸而表情扭曲的昌浩拉起來，邊咂舌邊往後看。

無數的箭飛過來。是從後方逼近的衛兵們射的箭。

勾陣用筆架叉把箭擊落，低聲咒罵：「他們如果不是人類……」

有天條的束縛，她只能抵擋攻擊，讓昌浩們安全逃離。

紅蓮也咬牙切齒地說：「乾脆攻擊他們。」

金色雙眸閃過可怕的光芒。他希望起碼可以阻斷陰魂不散的追捕。

「那麼做有違天條，讓他們腳下的路崩塌就行了。」

這麼回應的勾陣，是想萬一追兵運氣不好，被崩塌的土石捲走，那也是他們自己不小心被捲走，不是神將們的責任。

邊跑邊聽他們說話的螢，皺起了眉頭。

她聽說過，安倍晴明的十二神將不可以違背天條。可是這樣看來，天條的約束並不嚴謹。換句話說，不就是想怎麼做都行嗎？

或者是……？她突然想起一件事。

他們是人類思想的具體呈現。那麼，是現在這個瞬間，待在他們身邊的自己和昌浩，讓他們變成了這樣嗎？

不論如何、不管怎麼做，只要能達成目的，不惜割捨其他一切。

螢把嘴唇緊閉成一直線。

就在這時候。

昌浩和螢都察覺有股扎刺脖子的犀利視線，兩人同時反射性地轉過身去。

比衛兵們聚集處高出很多的地方，有白色的東西在竹叢縫隙裡晃動。

昌浩瞪大了眼睛。白色東西的下面，不就是那件像黑夜般深色的水干嗎？是他第一次見到螢的那一晚，對他發動攻擊的年輕人。

「紅……」

就在昌浩正要呼叫離他有段距離的神將時，遭到強烈攻擊。

他和螢都慘叫一聲，被彈飛出去。地上的枯葉和沙土猛地往上沖，從土裡竄出巨大的手，抓住翻滾的昌浩。

「那是什麼?!」

紅蓮和勾陣看到突然冒出來的巨大右手，都倒抽了一口氣。

「人的……手？」

瞠目而視的勾陣，聽到後面響起刺耳的尖叫聲。

紅蓮轉過身去，看到衛兵們也被突然從土裡冒出來的巨大左手攻擊，紛紛像皮球般彈飛起來。

「這是……！」

低吼的紅蓮瞥見有東西在動。即使冬天也不會變色的竹叢的縫隙間，有個白色的東西快速閃過。可是他再仔細看時，那東西已經不在了。

「剛才那是……」

某種不能忽略不管的東西，在紅蓮腦中敲響了警鐘。

「……呃……！」

有呻吟聲從上面傳來，紅蓮轉身抬頭看。

昌浩被比他身體還粗的手指抓住，奮力抵抗試圖掙脫。可是勒住他的力氣十分強勁，任他怎麼掙扎都沒有用。

呼吸愈來愈困難了。受到壓迫的肺部膨脹不起來，即使拚命大口喘氣，氧氣也進不了體內。

「昌浩！」

紅蓮大叫一聲，召喚火蛇攻擊手冒出來的地方。火焰啪地燃燒起來，纏住那隻手狂燒，手卻沒被燒焦也沒被燒毀，還把昌浩勒得更緊了。

風颼颼吹起。

把所有追兵打得七零八落的左手，闢出一條路，捲起漫天沙土，像在土裡游泳般衝過來了。

勾陣擋在它前面。

不管它是什麼，唯一能確定的是，怎麼看都不是人類。

勾陣全身迸出了強烈的鬥氣。

她奮力揮出手中的筆架叉，迸射的神氣衝向那隻左手，以斜十字刀法砍斷了手掌。

像圓木般粗大的拇指，以及根部相連的食指、中指、無名指，都被砍飛出去，沾滿沙土

滾落斜坡。

只剩下一點掌心，模樣變得慘不忍睹的手，又用剩下的手腕部分劈向他們。

勾陣往後躍起閃開，一落地就往前衝。她把神氣傳到左邊的筆架叉，就出現了比刀身還長的刀刃。

那隻手連肘部都伸出來了，勾陣對準關節的地方砍下去。沿著刀身傳到手掌、手臂的撞擊力道，就像奮力砍向巨大岩石的感覺。

肘部以上被砍斷的手沉入土中，斷落的部分滑下斜坡，瞬間瓦解消失了。

喘口氣轉過身來的勾陣，看到紅蓮用紅色火焰的劍狠狠砍向右手的手腕。

在飛起來的拳頭裡，被手指緊緊勒住的昌浩，氣若游絲地喊著：「裂破……！」

從勉強結起的手印中迸出靈力，炸飛了三根手指。

勾陣蹴地躍起，在半空中抱住了逃出束縛的昌浩。那隻右手等著她落地，準備突擊。紅蓮趕緊衝到那隻手前面，召喚白色火焰龍，把它瞬間燒毀了。

昌浩跪坐在地上，咳得很厲害。紅蓮在火勢蔓延之前將火熄滅，跪在昌浩身旁說：

「你還好吧？」

咳不停的昌浩沒辦法說話，只能點頭回應。可能是被勒得太緊，肋骨一帶有點問題，一吸氣就刺痛，很可能是骨頭裂了。

可是昌浩沒說出來，搖搖晃晃地站起來。

「剛才那是……」

眼睛微瞇環顧四周的昌浩，看到被勾陣砍斷的左手腕消失的地方，有白色的東西掉在土裡。

他把土撥開，拿起來看，是一張被砍得破破爛爛的骯髒紙片。

注入紙片的力量殘渣，沿著指尖爬上昌浩的手，令人不寒而慄。

「唔……」

昌浩猛然甩掉紙片。

仔細一看，被紅蓮摧毀的那隻手一樣變成破爛的紙片和燒成灰的碎屑，散落一地。

「是式……」

昌浩的視線迅速轉向白色東西閃過的竹叢。

紅蓮循著昌浩的視線，衝到那個地方，已經連氣息都感覺不到了。

「是白頭髮的……夕霧？」

撥開竹叢的紅蓮喃喃自語。只有昌浩、天一和螢，見過這個攻擊昌浩的男人。

紅蓮忽然皺起了眉頭。

螢和夕霧是知己。那麼，螢應該知道夕霧為什麼要攻擊昌浩。

紅蓮想質問她，正要找她時，聽到無數的馬蹄聲與腳步聲，從後面很遠的地方逐漸逼近。

紅蓮咂咂舌，回到昌浩身旁。

他想檢非違使看到這樣的慘狀，一定會認為是昌浩的惡行。跟他們說不是這樣，他們也不會相信。

昌浩懊惱地咬著嘴唇。

已經出現了傷亡者。被攻擊的是自己，卻把衛兵們也捲進來了。夕霧為什麼這麼執拗地追殺自己呢？

「又有人追上來了，快走，不要被發現。」

昌浩正要應和紅蓮的催促時，忽然眨一下眼睛，環顧四周。

「等等，螢不見了。」

到處都找不到螢。

檢視周遭狀況的勾陣，發現斜坡有個塌陷的地方。

「她從這裡掉下去了！」

昌浩大驚失色。那個地方被竹叢和樹木遮住，底下是險峻的懸崖。剛才被式掃下去的衛兵們，恐怕都死了。

「我們要去找她，有沒有路可以下去……」

搜索四周的昌浩，聽到微弱的怒吼聲。他驚訝地往聲音的方向望去，看到有衛兵指著他們，向後面喊著什麼。

「先逃離這裡吧，昌浩，甩開檢非違使後再下去找她。」

昌浩不肯走，勾陣只好抓起他的手。紅蓮放出鬥氣，炸毀斜坡，阻斷道路。

「……」

昌浩看著斜坡塌陷處，在神將的催促下拔腿往前跑。

檢非違使們趕到路被截斷的地方，看出發生過什麼難以想像的可怕事情。

滿目瘡痍的斜坡上，到處都是衛兵的屍體。被炸出一個深洞的斜坡，若強行通過，恐怕會塌陷得更嚴重。

「可惡的陰陽師……！」

氣得咬牙切齒的檢非違使，收到通報說懸崖下還有衛兵活著，正抓著突出的岩石、樹木。這些死裡逃生的衛兵，攀著同伴丟下來的繩子，費力地爬上了懸崖。

他們說有幾名衛兵直接摔落懸崖，可能都死了。

「那個犯人是陰陽師，是不是他用什麼可怕的法術攻擊你們？」

檢非違使這麼斷定，被救上來的衛兵們困惑地彼此對看。

「怎麼了？」

覺得奇怪的檢非違使問他們，其中一個人畏畏縮縮地開口說：「呃……有隻手從土裡冒出來，像那棵大樹那麼大……」

剛開始他們也以為是身為陰陽師的犯人，放式出來阻斷他們的追捕。可是他們都親眼目睹，那隻巨大的手的首要攻擊目標，並不是他們，而是陰陽師本身。

檢非違使聽完報告，詫異地反問：「你們說什麼？真的是這樣？」

衛兵們不知所措地點著頭。

目光嚴肅的檢非違使思考了一會兒：「抓到他以後，在斬首前先弄清楚這件事。」

聖旨有令，抓到犯人立即斬首，可是不知道為什麼，檢非違使就是想知道事情真相。反正已經決定處死了，縱使時間稍微挪後一點，只要最後確實執行死刑就行了。

但是檢非違使同時也提高了警覺。

怪物還是大有可能是受犯人控制。誰都不能保證，那些怪物不會再出現在他們面前，攻擊他們。

「先治療受傷的人，其他人去找其他的路。」

無論如何都不能放過還在逃亡的犯人。

在檢非違使的命令下，衛兵們又回頭走向剛才來的路。總算找到勉強可以走的羊腸小徑，再回到原處時，太陽已經開始西斜了。

滑下斜坡的螢，下意識地伸出手來，抓住了樹枝。手臂瞬間承受了多出體重好幾倍的重量，骨頭嘎嘎作響，肌肉劇烈疼痛。

「好險……」

螢喘口氣，仰望滑下來的斜坡。看來滑得很下面，聽不見昌浩他們的聲音，神將們的神氣也只有微量程度的感覺。

往下看，陡峭的懸崖下是綠色的流水。水聲轟轟作響，卻幾乎看不到泡沫。可能是岩石多，河流又不寬，產生回音，所以聽起來比較響亮。

「好像很深……」

上上下下觀察了好幾次後，螢判斷要爬上斜坡不是不可能，但非常困難。說不定直接跳下去會比較好，離水面大約八丈⑥。螢曾經從差不多高度的懸崖跳下海裡，只要深度夠就行了。

想到這裡，螢忽然屏住氣息，按住了嘴巴。

「唔……！」

鐵腥味湧上來，她覺得胸口熱得像火燒。咳到一半時，忽然血壓下降，頭暈目眩，手臂也失去力量。

回神時，她的身體已經在半空中墜落。

從她按住嘴巴的手指間，滴下紅色液體。她覺得好熱、好痛苦。

第一次這麼嚴重。

「咯……」

悶咳幾聲後，按住嘴巴那隻手的掌心就被染成了紅色。

螢閉上眼睛，在嚥下唾沫前，把手伸向了虛空。

「唔……」

救命啊——

冰冷的流水濺起水花，吞噬了她的身體。轟轟作響的水流，把她拖下深處。

突出懸崖的竹子突然猛烈搖動，緊接著，穿著黑夜般的深色水干，留著一頭白髮的男人衝出來，毫不遲疑地跳下了河流。

水啪噠啪噠滴落。

冬天的水很冷，吹過水面的風更冷。

抱著螢的年輕人，踉踉蹌蹌地走上河岸，一步一步小心移動冷得像冰柱般的腳。

河水是因為持續流動才沒有凍結。年輕人跳進了冰裡面，跟螢一樣冷得侵肌透骨，還能活命就是奇蹟了。

年輕人走到吹不到風的樹陰下，用凍得硬邦邦的手指，試著替螢脫去身上的水干。螢的白皙肌膚，因為失去體溫變得更加慘白了。

不替螢脫去溼漉漉的衣服，會有生命危險。可是手指凍得不聽使喚。

意識模糊，嘎噠嘎噠發抖的螢，夢囈般說著什麼。

「……」

年輕人將耳朵湊近發白的嘴唇仔細聽，赫然張大了眼睛，像血般紅通通的眼眸，蘊含著激情震盪著。

「唔……」

表情扭曲的年輕人，再也忍不住爆發的情緒，緊緊抱住了螢。

「螢……！」

螢伸直的手指，微微動了一下。年輕人察覺了，悄悄把螢放下。

他觸摸著螢冰冷的肌膚，低下頭說：

「原諒我……我已經……」

就在這時候，他發現幾道氣息，從樹木的縫隙間滑下來。

昌浩橫過茂密的竹叢，連滾帶爬地往下滑，在勾陣的協助下，總算安全地到達山谷底下。這地方的河川寬度狹窄，到處都是岩石。他們是繞了一大圈來到這裡，比螢掉落的地點更下游。

撥開竹叢就到了河灘，昌浩走在崎嶇難行的河灘上，向河川移動。

「螢！」

即使在落崖的中途抓住了什麼，想從那裡爬上原來的地方，還不如往下移動到傾斜度緩和的地方比較安全。

如果是昌浩，為了躲開追兵，也會這麼做。

變成怪物模樣的小怪和勾陣，都贊成他的想法，找出可以往下走的路，好不容易才到了這裡。

「螢，聽見就回答我！」

昌浩大聲叫，小怪勸阻他說：「昌浩，叫太大聲會被檢非違使們聽見。」

「對、對不起。」

昌浩立刻道歉，三人分三路搜索周邊。在這附近找不到的話，他們就要分成兩路去找上游、下游。

昌浩在離小怪和勾陣稍遠的地方，發現岩石後面有什麼東西從河川爬上來的水痕。

「這是……」

水滴落的延伸痕跡，像是有人走過的足跡，昌浩環顧四周。

「……」

他整個人呆住了。

一頭白髮、穿著深色水干的男人，用血般的紅色眼睛瞪視著他。

屏住氣息的昌浩，看到躺在男人腳下的人，驚訝地張大了眼睛。

「螢……」

勾陣和小怪聽到昌浩緊張的聲音，都轉過身來。

兩名神將最先看到的是昌浩眼前的白髮男人。

那就是夕霧。

「昌浩！」

小怪和勾陣同時蹬地躍起。然而，男人還是搶先一步，像疾風般在轉眼間滑進了他們與昌浩之間。

「唔……」

昌浩還沒搞清楚怎麼回事，已經被徹底制伏了。

不知道對方是怎麼做的，讓他用自己的手纏住了自己的脖子。小怪和勾陣都杵在原地，不敢輕舉妄動。

昌浩的死穴全被壓制住了。如果他們貿然採取行動，很可能還來不及把男人拉開，昌浩就先斷氣了。

男人邊斜睨著咬住嘴唇的神將們，邊平靜地開口：「擁有天狐之血的人吶——」

昌浩全身的關節都有種奇妙的壓迫感，被按住的地方悶悶痛著，對死亡的本能恐懼讓心臟發出了慘叫聲。

昌浩緊緊閉上了眼睛。

呼吸好困難，他不知道該怎麼掙脫。

「……」

跟那時候一樣。跟第一次遭到攻擊的時候一樣。

那時要不是螢救了他，現在他已經……

這時候他才想到躺在地上的螢。

昌浩拚命撐開眼睛，觀察虛弱地閉著眼睛動也不動的她。

她沒事吧？

昌浩的心臟不尋常地狂跳起來。

以自己現在的力量，絕對贏不了這個男人，該怎麼辦才好？

螢救過他，他也非救她不可。

纏繞昌浩的氛圍，開始窸窸窣窣地出現變化。驚覺這件事的小怪，倒抽了一口氣。

「昌浩，不可以……！」

急迫的制止聲破風而來。

男人瞪著神將們，又重複了一次。

「擁有天狐之血的安倍之子啊！」

他邊加重抓住昌浩的力量，使昌浩的疼痛逐漸加劇，邊喃喃說著：

「如果你對螢沒有絲毫情感，就快滾，愛去哪就去哪！」

「……」

愈來愈痛苦、幾乎不能呼吸的昌浩，聽到這句出乎意料之外的話，不由得張大了眼睛。小怪和勾陣也是滿臉驚訝，啞然無言。

男人瞥螢一眼，表情扭曲地屏住了呼吸。

「如果你對螢有感情……」

顫抖的白色嘴唇，像夢囈般喃喃說著話。

——夕……霧……

決定遺忘的聲音，呼喚著這個名字。

「就這樣帶著螢逃走，不要接近播磨。」

播磨之鄉是神祇眾聚集的地方。

昌浩和螢剛剛才決定要去那裡。

螢對他說，真要鍛鍊的話，最好去跟她武藝高強的爺爺學習。

——而且待在播磨之鄉，就不怕追兵追來。

螢的確這麼說了。

那麼為什麼……

昌浩的思緒陷入混亂，微微顫抖的低喃聲扎刺著他的耳朵。

「如果你對螢有感情……」

——螢是個好女孩呢。

他的確這麼想，這是他的真心話。如果這算感情，那就是有。然而，這種感情……

「如果有那麼一絲絲的感情。」

何只一絲絲，但是……

「不要靠近播磨，就這樣帶著螢逃走！」

◊　◊　◊

——螢。

恍如置身夢中。

決定遺忘的聲音，呼喚著這個名字。

**小怪的陰陽講座**

⑥一丈約三公尺。

# 後記

K藤（以下稱K）：「欸，結城，關於這次的後記。」

光流（以下稱光）：「是、是，要幾頁？」

K：「幾頁比較好呢？」

光：「……聽妳的語氣，總不會是……」

K：「喔，猜對了。很多讀者來信說『上一集的後記太少，看起來很不過癮，請多寫一點。』所以我們打算大量增加後記的頁數，來感謝讀者對竹籠眼篇的熱烈迴響。」

光：「哦，是嗎？要寫什麼呢……」

K：「如果可以寫些關於陰陽師的小知識的話，那就太好了。正好是播磨陰陽師出場的竹籠眼篇，就比平常多寫點陰陽師的東西吧。」

要大量增加頁數，又要有陰陽師味道的後記，該怎麼寫呢……

這本離上一集有五個月，離Monster Clan第一集也有四個月了。

誠如我的預告，相隔了一段時間。大家還好嗎？我是結城光流。

先來發表睽違已久的排行榜。

第一名：少年陰陽師安倍昌浩。

第二名：十二神將中最強也最兇狠的火將騰蛇。

第三名：十二神將鬥將中的一點紅土將勾陣。

接下來是怪物小怪、玄武、六合。這之後的票數就有明顯差距了，依序是敏次、太裳、冥官、小野螢、風音、天一、茂由良、飄舞、爺爺、成親、青龍、結城、年輕晴明、小妖們、太陰、颯峰、ASAGI老師、年輕時的晴明、若菜、天后、岦齋、脩子、比古、高淤神、嵬。

單行本《大陰陽師　安倍晴明——我將顛覆天命》出版後，除了「爺爺」、「年輕晴明」外，又多了「年輕時的晴明」這個參賽者。

這次票數增加最多的人，是在上一集結尾時，大大展現男子氣概的藤原敏次。想起他剛出場時被討厭的情形，不禁感慨良多。

螢的受歡迎程度遠超過我的預期，既高興也鬆了一口氣。她跟她的祖先票數差不多，也頗耐人尋味。好像很多人喜歡功夫高強的女生，風音就是其中之一，謝謝大家。

最近收到不少讀者來信說才剛開始看少年陰陽師，所以玏神篇與颯峰篇的人物上榜，我也不驚訝。

開票沒多久時，紅蓮一直遙遙領先，到後半時就被昌浩追過去了。勾陣的票很穩定，堅守第三名。今後的人物投票，也值得關注，好期待看到下一集的變動。

關於投票，每封信只能投一票（如果是哥哥投○○一票、朋友投○○一票、我投○○一票的方式就ＯＫ）。「第一名投給○○、第二名投給○○、第三名投給○○」的寫法，就會變成無效票，所以請參加投票的讀者，在可以清楚看見的地方寫明「投給○○一票」。

人不能忘記初衷。接下來要說的就是這種事。

找到機會，我就去了好久沒去的伊勢。那是在出版《神威之舞》之後，所以是夏天吧。住在伊勢的朋友開車送我去，凌晨三點半出發，天亮時到達外宮。我從外宮走到內宮，浸淫在早晨清爽的空氣中，身心都振奮了起來。

伊勢是好地方；還是伊勢最好。

我滿懷這樣的感慨參拜，結束時還不到中午。朋友問我有沒有其他想去的地方，我就請她帶我去好久沒去的二見興玉神社。

最近，收集印章成了結城的興趣。在外宮、內宮、猿田彥神社、椿大神社，都蓋了印章，只有二見興玉神社還沒蓋過章。

我拿著封面是西陣錦緞⑦、上面有五芒星的晴明神社的印章收集簿，立刻去參拜。

好久沒來的二見興玉神社在海邊，吹著海風很舒服。我在正殿行兩次禮、拍兩次手，難得許了很多願望。然後再去抽籤，向神明徵詢這些願望的答案。

籤的內容如下：

「（譯）你好像處處逢源春風得意呢，不會忘了初衷吧？」

……咦？處處逢源春風得意是什麼意思？我沒有這樣啊。呃，神啊，對於我的願望，祢沒有任何答案嗎？為何？為什麼？

無數的問號在我腦中亂舞。

很多人在抽籤後，注意力都放在「大吉、中吉、小吉、吉、末吉、凶」上面，幾人歡喜幾人憂。其實，重要的不是這個部分。

重要的是「和歌」。通常會附上譯文。我想應該也有人知道，和歌才是神在那一瞬間顯示的神意。所以我奉勸大家，抽籤時最好重視神意。

言歸正傳。

我看不懂籤的意思，再怎麼思考都想不透。第一次遇到這種事。通常都會得到非常清楚的答案，這次怎麼會這樣呢？

怎麼想也想不出答案，我就去了附屬於二見興玉神社的龍宮社參拜。在這裡也蓋了章，再走回原來的路，經過二見興玉神社前、眺望夫婦岩，眼睛邊瞄過旁邊很多很多的青蛙，邊鑽過第一座鳥居，走出了神域。

剛好是午餐時間，所以我走進鳥居前面的店，點了烏龍麵。

就在跟朋友們聊起看不懂籤的意思這件事時……

突然靈光乍現。

「……唔、啊！」

全身血液唰地往下降，發現我臉色不對的朋友，訝異地問：「妳怎麼了？」

「我……我可能得再去參拜一次……我去一下。」

我叫朋友們先吃，匆匆忙忙折回神社，氣喘吁吁地雙手合十。

——神啊，猿田彥大神啊，我在《神威之舞》中，把這裡的神社當成舞台，卻沒有事先向祢報備，事後也沒徵詢祢的意見，還這麼晚才來參拜，甚至在走出鳥居後才領悟祢苦口婆心的教誨，真的很對不起……！

我唸誦祝詞，不停地道歉，再戰戰兢兢地抽第二次籤。

「（譯）人只有在遇到困難時才依賴神。但是別忘了，神時時刻刻都守護著你。」

「……」

為什麼體感溫度與實際溫度相差這麼遠呢～～～～（泣）？

「對不起……請千萬、千萬原諒我……（泣）！」

我差點像昌浩在高淤神前面伏地膜拜那樣，當場跪下來求饒。

拚命道歉後，我搖搖晃晃走回參道，鑽過鳥居回到店裡時，我點的烏龍麵正冒著裊裊蒸汽。

我把事情的經過，一五一十告訴了正在等我的朋友們，他們都大驚失色。

「居然有這種事……」

是啊，當然有，剛才那一瞬間就發生了。

不管工作進度排得有多緊湊，忘了我向來牢記在心的根本，畢竟是不爭的事實。還恬不知恥地許下願望，被當場轟出去也無話可說。最丟臉的是，受到神的指點也沒當場醒悟。挨罵也是理所當然。傳說中脾氣暴躁的國津神，只這樣訓我一頓，可以說是非常仁慈了。

在作家生活的第十年，因為這件事，我找回了初衷。

光：「我遇過這種事呢，神果然都會一一回應。」

K：「有這種事啊……」喲，她的語氣聽起來有點畏怯哦。

聽說K藤小姐原本不怎麼相信這種事，最近好像漸漸改變了想法。唉，寫了這麼一長串，總而言之，就是沒去問候猿田彥大神，被訓了一頓。

K：「我抽籤都只看是不是大吉，原來是要那樣看啊。」

光：「是啊，不過，有時候也未必。」

K：「咦？」

其實也不是什麼值得一提的大事啦。

去京都時，我都會去爺爺神社祭拜，再抽支籤。藉由抽籤取得發問的答案，感覺就像在跟神說話。

我會從和歌的意思，自己做種種解讀，譬如「啊，的確是這樣」、「要繃緊神經才行」、「哦，現在好像是事事順遂的階段呢」等等，也可以說是透過和歌來面對自己。

之後還有時間的話，我就會到處走走，也去其他神社祭拜。京都值得去的地方實在太多了，對喜歡神社的人來說再好不過了。

通常，我去爺爺神社前，會先去貴船。這裡離京都有點遠，所以我喜歡一大早出發，在沒什麼人的後殿發呆放空。從樹木縫隙間看到的天空、流動的雲，都會讓我的心情不可思議地平靜下來。

有時會下雨，但那裡是供奉龍神，所以是吉兆。有一次下起傾盆大雨，很難行動，但當成是盛大歡迎，也是另一種樂趣。正殿院內有湧出來的神水，我曾經裝進寶特瓶裡帶回家，非常甘甜。

從正殿拜到後殿，如果行程有多餘的時間，我也會吃頓午餐。在貴船用餐時，我都會去特定的一家店，順便休息一下。夏天時，把腳泡在貴船河的清流裡，很快就能解除疲勞，推薦給大家。在神域用餐，會覺得連神氣都一起吃下去了。

光：「那裡的香魚很好吃，夏天的海鰻也是絕品……」

K：「結城，抽籤的事跑哪兒去了？」

哎呀，糟糕、糟糕，離題了。

拜完貴船、爺爺神社後，我還常去其他神社，有一間是祇園的八坂。

在其他神社抽過籤後，再來這間八坂神社祭拜、抽籤，不知道為什麼就會抽到「凶」。不在其他神社抽籤，只在八坂抽，就會是「大吉」或「中吉」。可是先在其他地方抽過籤，再來這裡抽，百分之百就會是「凶」。

K：「怎麼會這樣……」

光：「我覺得，是神在訓誡我們，一天只能抽一次籤。所以除非有什麼大事，我再也不會一天抽好幾次籤了。」

感覺很可能不是被八坂訓誡，而是被素戔嗚尊訓誡了。

可是呢、可是呢。

抽到大吉，表示當下是最高峰的時期，就要提醒自己千萬不要太興奮，被沖昏了頭。抽到凶（有些神社是大凶），表示當下是谷底時期，之後就會漸漸好轉了。

所以「大吉、中吉、小吉、吉、末吉、凶」都沒什麼大不了的。

可是，即使明白這樣的道理，還是會想「哇，是凶，怎麼辦」，心情沮喪到極點。如果又正好面臨重要考試或人生分歧點，就更難不在意了。甚至會在意到作噩夢。這時候，不管神傳達了什麼話，都不會記得吧？畢竟壞事對人產生的壓力，總是大過好事。

尤其是春天，經常會面臨人生的歧路。為了消除不安去抽籤，萬一籤上寫的字讓你無法坦然接受的話，該怎麼辦呢？對自己說「沒關係」、「不用在意」，說再多次都沒用，接下來還是會想「可是」、「但是」吧？

不是這樣嗎？該怎麼辦才好呢？爺爺！

對了，說好聽的話、漂亮的話，應該比較受神青睞吧？受到青睞的人，就會得到神的庇護、神的幫助吧？

我覺得爺爺會這麼回答。可是，爺爺，我們只是一般人，不是陰陽師，所以拜託你說得更清楚一點。

昌浩等陰陽師，經常使用言靈，所以他們一定知道什麼時候該怎麼做，或是知道很多各種場合該唸的靈驗咒語吧？當覺得不好的事會持續發生，或怎麼樣都會往壞處想時，有沒有什麼靈驗的咒語可以唸呢？

「有啊（By活字典）。」

……有？居然回答得這麼乾脆，那麼，我這麼煩惱是在煩惱什麼？

「哎呀哎呀，思考是很好的事啊。基本上就是不要說壞話，多說好話。好的言靈會招來好運。唸誦好的言靈，可能會發生好事，不唸誦的話，可能不會有任何改變。總之，唸誦好的言靈，絕對不會發生什麼壞事。既然這樣，最好還是唸誦好的言靈吧？」

沒錯，連人類都喜歡漂亮的話、好聽的話，更何況是神呢！

為了提升記憶力，我把昌浩常用的祓詞都背起來了。既然都背了，去神社參拜時，我會雙手合十祈禱，邊在心中唸誦。據說好話比較容易傳達給神，而神最喜歡的好話就是祝詞。

啊，這樣好像陰陽師。沒關係，反正我是寫《少年陰陽師》的人，實踐陰陽師的精神有什麼不可以呢（強力主張）？我寫到哪去了……

言歸正傳。據活字典說，有什麼不愉快的事，唸祝詞的祓詞就對了。可是昌浩唸的祝詞或祓詞都很長，很難背。有沒有再短一點，但效果拔群的咒語呢？

「那就重複唸誦『kakemakumo kakemakumo⑧。』去神社祭拜時，也可以雙手合十唸誦這句話。這是祓詞的簡略型，所以神會收得到。」

哦～那麼順便問一下，作噩夢時怎麼辦？

「作噩夢就唸『夢都被貘吃掉，心情愉悅，迎接黎明，驅邪淨化』。但效率更好的做法就是不要作噩夢，所以在睡覺前，可以重複唸『驅逐邪惡，經常做對的事』直到睡著。睡前想不好的事，就會作噩夢，所以要把意識集中到其他事情上。」

被這麼一說，我才發現睡前的確很容易思考不好的事。

我試著這麼做，果然沒有餘力思考其他事，不好的想法一掃而空，說得很有道理。

想挑戰的人，可以背誦「kakemakumo」開頭的祓詞，試著像陰陽師那樣唸誦看看！去神社祭拜時，在心中流暢地默唸，會覺得很舒服哦。

不過，說到咒語，以《少年陰陽師》來解釋，就是「爺爺的絕招（請參照第二集《黑暗的咒縛》）」吧？一定是。

以上算不算是有陰陽師味道的後記呢？這次真的是高難度。

竹籠眼篇第二集，大家覺得如何呢？

下一本將是Monster Clan第二集。如果大家希望的話，我也想盡可能提早陰陽師的續集……可是Monster Clan也是我的孩子，跟陰陽師一樣可愛，所以懇請各位也同樣支持Monster Clan。

啊，對了，要通知大家。

重新包裝成角川文庫版的《少年陰陽師——異邦的妖影》，將在二月底出版。三月

底會出版《少年陰陽師——黑暗的咒縛》。或許可以趁這個機會，讓不同於之前的閱讀層購買這套書吧。

二〇一一年，少年陰陽師也會更、更加快速度。除了陰陽師外，還有Monster Clan，晴明篇說不定也會有新的發展。我的工作進度總是這麼緊湊。這種時候，替我充滿電的是各位的來信。請務必寫信告訴我感想。

那麼，期待下一本書再見了。

### 小怪的陰陽講座

⑦在京都市西陣製作的高級綢緞總稱。

⑧「心中所願之事、說出口之事，謹請神明傾聽」之意。

少年陰陽師
しょうねん おんみょうじ
叁拾肆
破暗之明
さやかの頃にたちかえれ
2013年
11月登場
黎明前的黑夜最爲幽暗，昌浩決定扭轉劣勢，破暗前進！
動盪不安的京城中，又有新一波的傳聞將打擊安倍家族，而引起這一切的關鍵人物昌浩仍流亡在外，但是他也不願再被動地奔逃。即使致命的警告言猶在耳，他決定動身前往紛亂的源頭，尋找答案……
©Mitsuru YUKI 2011
●中文版書封製作中

國家圖書館出版品預行編目資料

少年陰陽師.叁拾叁,微光潛行／結城光流著；涂愫芸譯.-- 初版. -- 臺北市：皇冠, 2013.09
面；公分.--(皇冠叢書; 第4341種)(少年陰陽師; 33)
譯自：少年陰陽師33：仄めく灯とひた走れ
ISBN 978-957-33-3020-2(平裝)

861.57　　102016571

皇冠叢書第4341種

少年陰陽師 33

# 少年陰陽師——

## 微光潛行

少年陰陽師33
仄めく灯とひた走れ



作　　者—結城光流
譯　　者—涂愫芸
發 行 人—平雲
出版發行—皇冠文化出版有限公司
台北市敦化北路120巷50號
電話◎02-27168888
郵撥帳號◎15261516號
皇冠出版社(香港)有限公司
香港上環文咸東街50號寶恒商業中心
23樓2301-3室
電話◎2529-1778　傳真◎2527-0904
責任主編—盧春旭
責任編輯—楊家佳
美術設計—王瓊瑤
著作完成日期—2011年
初版一刷日期—2013年9月

法律顧問—王惠光律師

讀者服務傳真專線◎02-27150507
電腦編號◎501033
ISBN◎978-957-33-3020-2
Printed in Taiwan
本書特價◎新台幣199元/港幣67元